像畫武幼華元

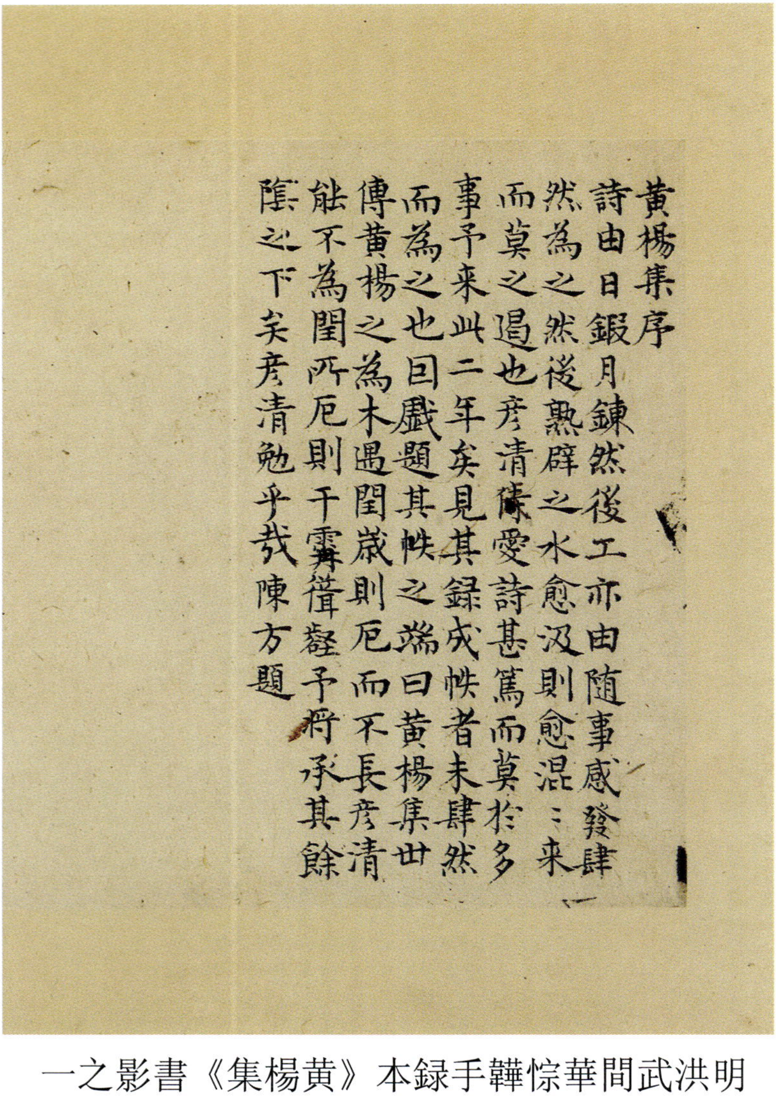

黄楊集序

詩由日鍛月鍊然後工亦由隨事感發肆一然為之然後熟辟之水愈汲則愈混〻来而莫之遏也彦清[illegible]愛詩甚篤而莫於多事予来此二年矣見其録成帙者未肆然而為之也曰戲題其帙之端曰黄楊集世傳黄楊之為木遇閏歳則厄而不長彦清能不為閏所厄則于霽[illegible]壑予將承其餘隂之下矣彦清勉乎哉陳方題

明洪武間華悰韡手録本《黄楊集》書影之一

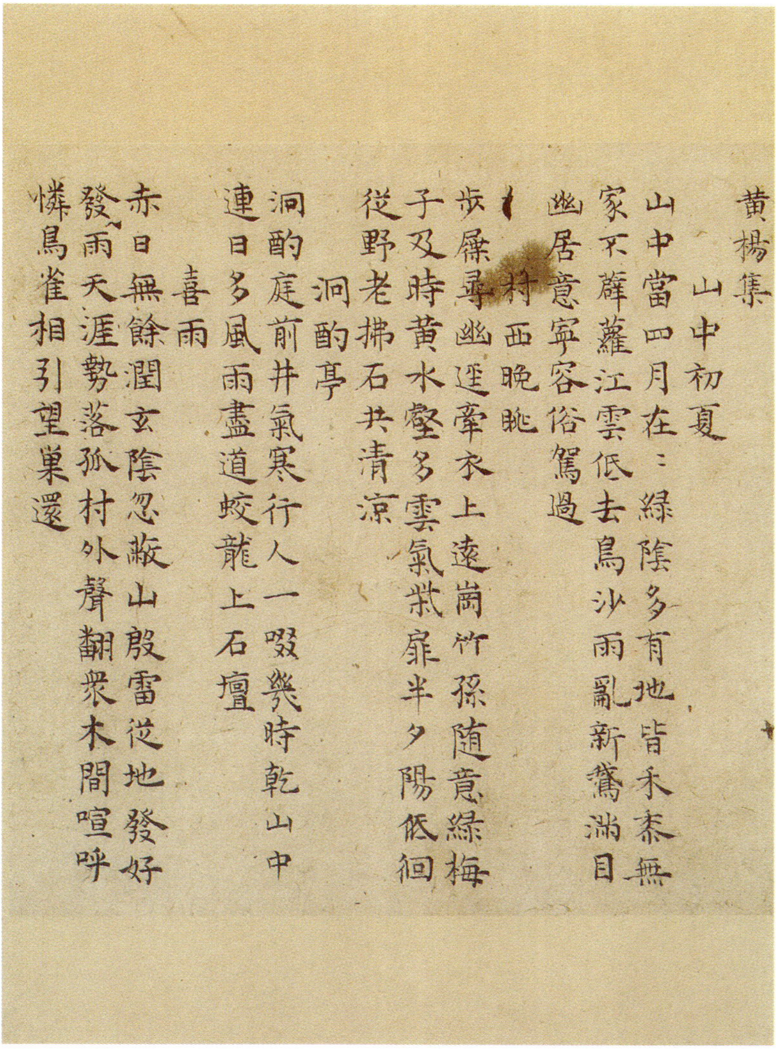
黃楊集
山中初夏
山中當四月在〻綠陰多有地皆禾黍無
家不薜蘿江雲低去鳥沙雨亂新鶯滿目
幽居意寧容俗駕過
村西晚眺
步屧尋幽逕牽衣上遠崗竹孫隨意綠梅
子及時黃水壑多雲氣紫扉半夕陽低徊
從野老拂石共清涼
洞酌亭
洞酌庭前井氣寒行人一啜幾時乾山中
連日多風雨盡道蛟龍上石壇
喜雨
赤日無餘潤玄陰忽蔽山殷雷從地發好
發雨天涯勢落孤村外聲翻衆木間喧呼
憐鳥雀相引望巢還

明洪武間華悰韡手録本《黃楊集》書影之二

黃楊集目録卷終

黃楊集卷之一

五言絶句

枕上聞雀

桐葉露初冷，藕花風暫休。夜涼人不寐，白雀一聲啾。

霧中行二首

團團日已升，浩浩白霧起。小兒出門言，夜月尚如此。

隱隱霧中行，冥冥海生氣。只尺不見人，飛鳥馬前墜。

同元明德昭舍弟夜飲有感

自是聯行雁，分飛避網羅。暌來同夜月，棲息意如何。

江南曲二首

影書本鈔堂生澹氏祁陰山末明

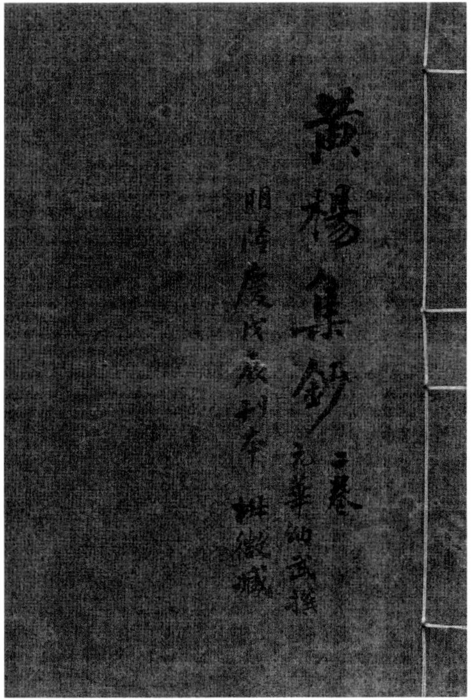

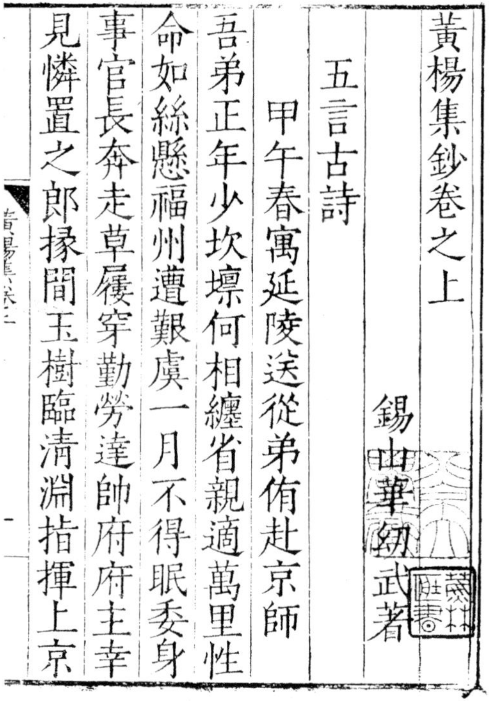

黃楊集鈔卷之上

錫山華幼武著

五言古詩

甲午春寓延陵送從弟侑赴京師

吾弟正年少坎壈何相纏省親適萬里性
命如絲懸福州遭艱虞一月不得眠委身
事官長奔走草屩穿勤勞達帥府府主幸
見憐置之郎掾閒玉樹臨清淵指揮上京

黃楊集卷之 一

明隆慶二年華察輯華承業刻本書影

上卷目錄

憶昔

栖碧先生黃楊集卷上

古詩五言

雲松巢

天上多白雲山上多青松白雲出松間秀色如
芙蓉縹緲神仙宅彷彿蓬萊峯松垂戶牖密雲
擁簾櫳重風起秋浩浩日臨春溶溶繁陰駐長
夏靈響肅嚴冬晨出露霑衣夕歸月啓封右駕
旋白鶴左驅命青龍真仙諒攸憇俗狀詎能容
自顧敢爭席所願長相從

明萬曆四十六年華五倫輯刻本書影

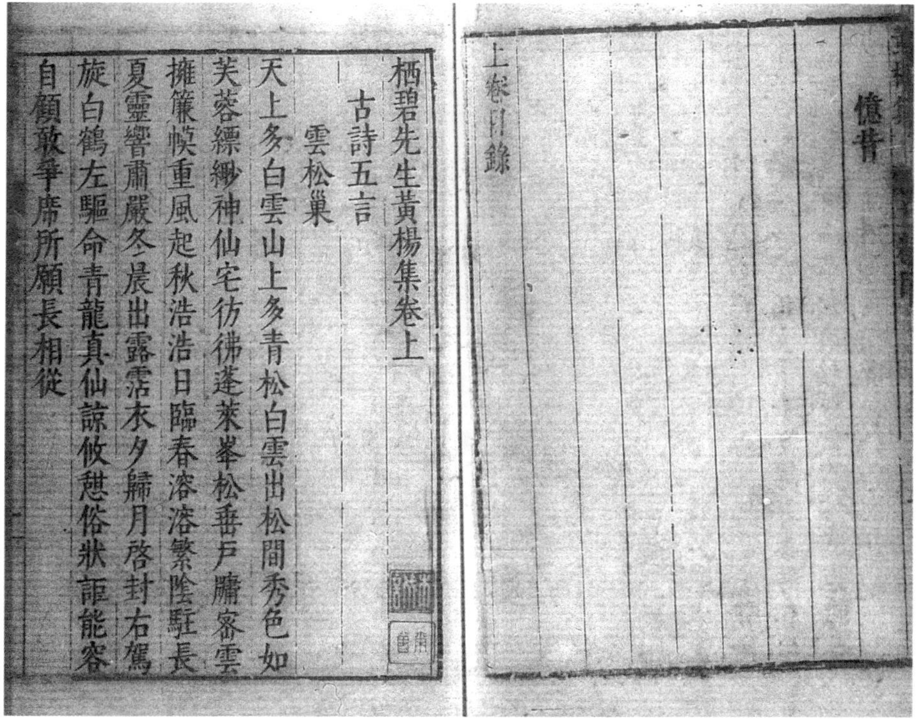
億昔

上卷目錄

栖碧先生黃楊集卷上

古詩五言

雲松巢

天上多白雲山上多青松白雲出松間秀色如芙蓉縹緲神仙宅彷彿蓬萊峯松垂戶牖客雲擁簾幙重風起秋浩浩日臨春溶溶繁陰駐長夏靈響肅嚴冬晨出露霑衣夕歸月啓封右駕旋白鶴左驂命青龍真仙諒攸憩俗狀詎能容自顧敢爭席所願長相從

明崇禎十四年華允誠重刻本書影

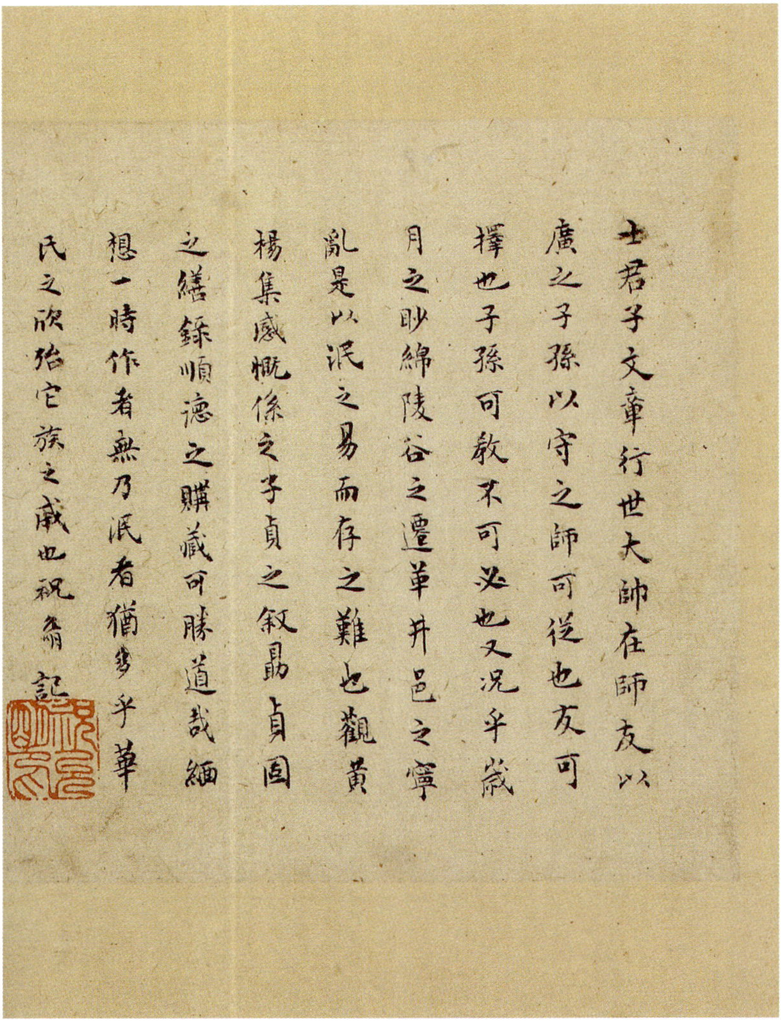

士君子文章行世大師在師友以廣之子孫以守之師可從也友可擇也子孫可教不可必也又況乎歲月之眇綿陵谷之遷革井邑之寧亂是以泯之易而存之難也觀黃楊集感慨係之李貞之叙昴貞固之繕録順德之購藏可勝道哉細想一時作者無乃泯者猶多乎華氏之欣殆它族之戚也祝允明記

識題《集楊黃》明允祝明

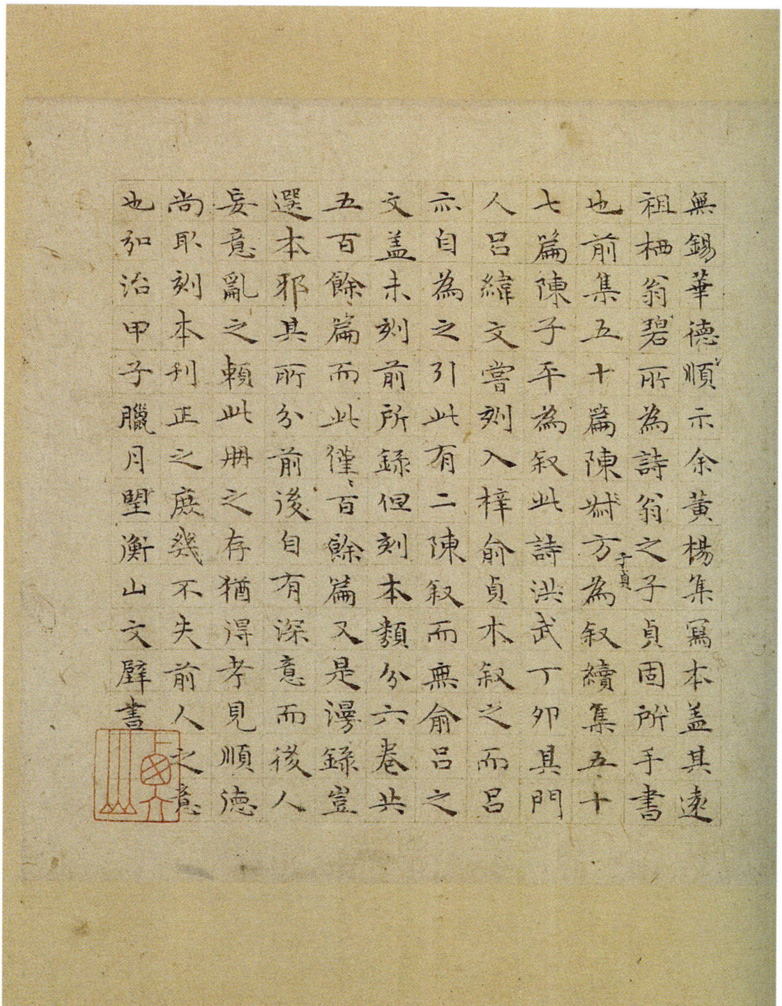

無錫華德順示余黃楊集寫本盖其遠祖栖碧翁所為詩翁之子貞固所手書也前集五十篇陳樹方〔子貞〕為叙續集五十七篇陳子平為叙此詩洪武丁卯其門人呂緯文嘗刻入梓俞貞木叙之而呂亦自為之引此有二陳叙而無俞呂之文盖未刻前所録但刻本類分六卷共五百餘篇而此僅〻百餘篇又是漫録豈選本耶其所分前後自有深意而後人妄意亂之賴此册之存猶得考見順德尚取刻本刊正之庶幾不失前人之意也弘治甲子臘月望衡山文璧書

明文壁《黃楊集》題識

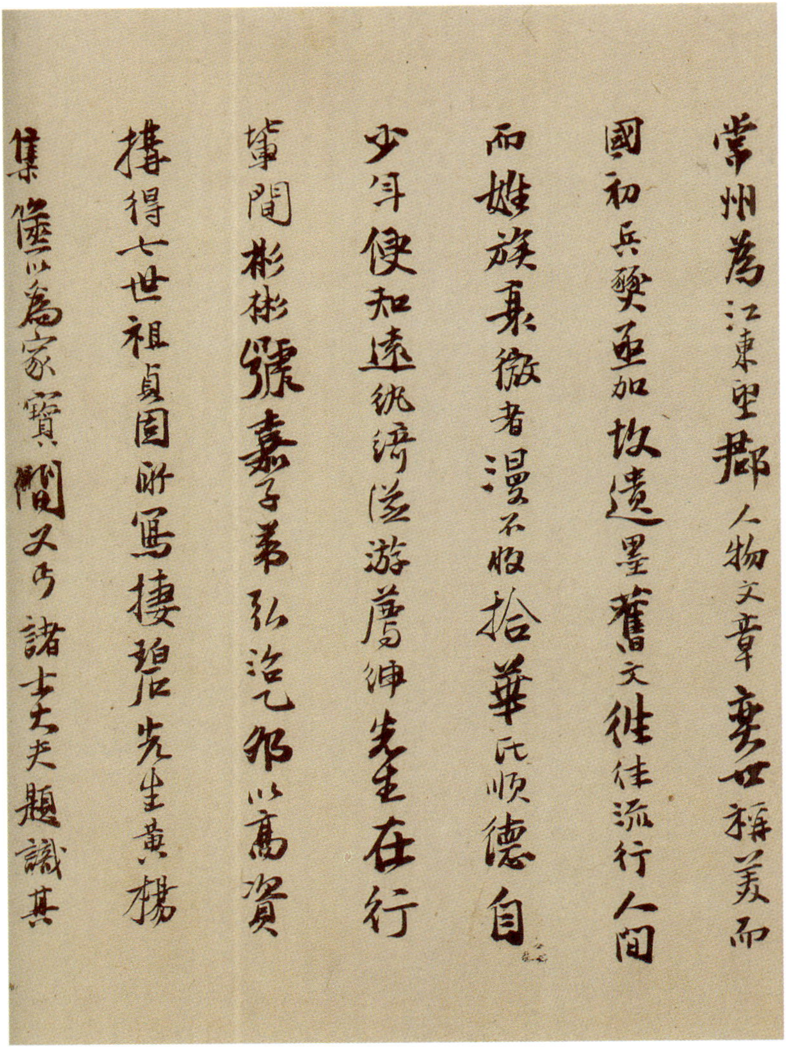

明唐寅《黃楊集》題識之一

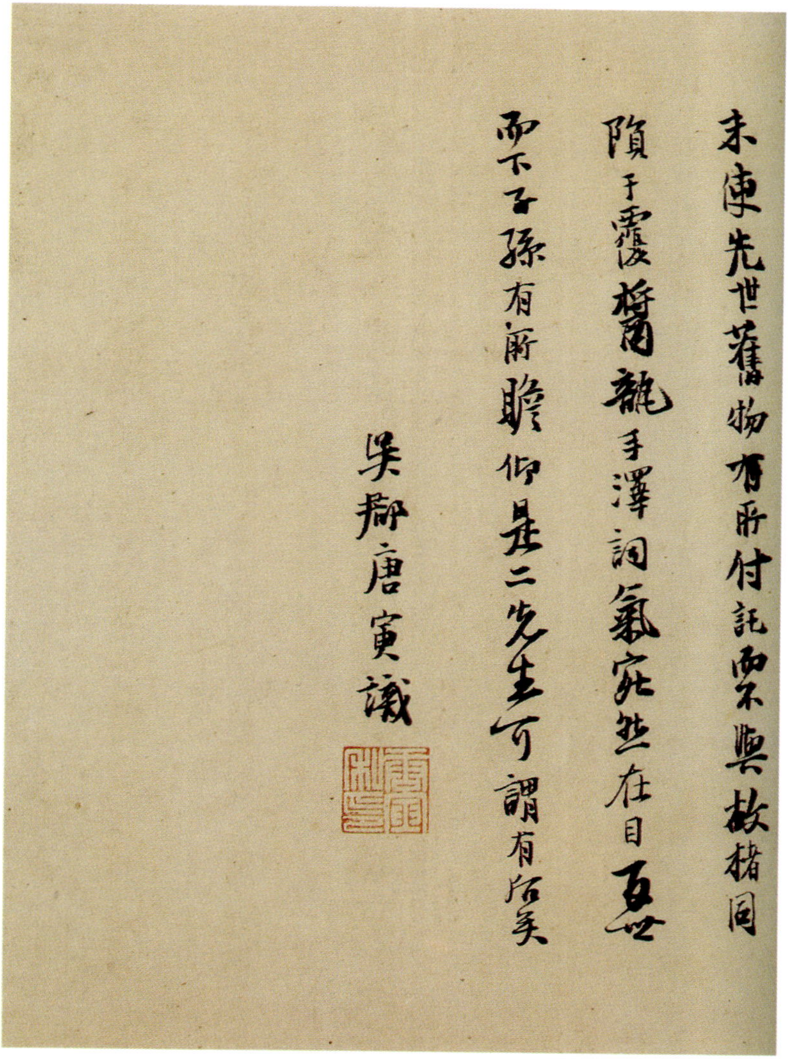
朱陳先世舊物有所付託而不與散楮同
隕于霞樵翁手澤詞氣宛然在目百世
而下子孫有所瞻仰是二先生可謂有后矣
吳郡唐寅識

明唐寅《黃楊集》題識之二

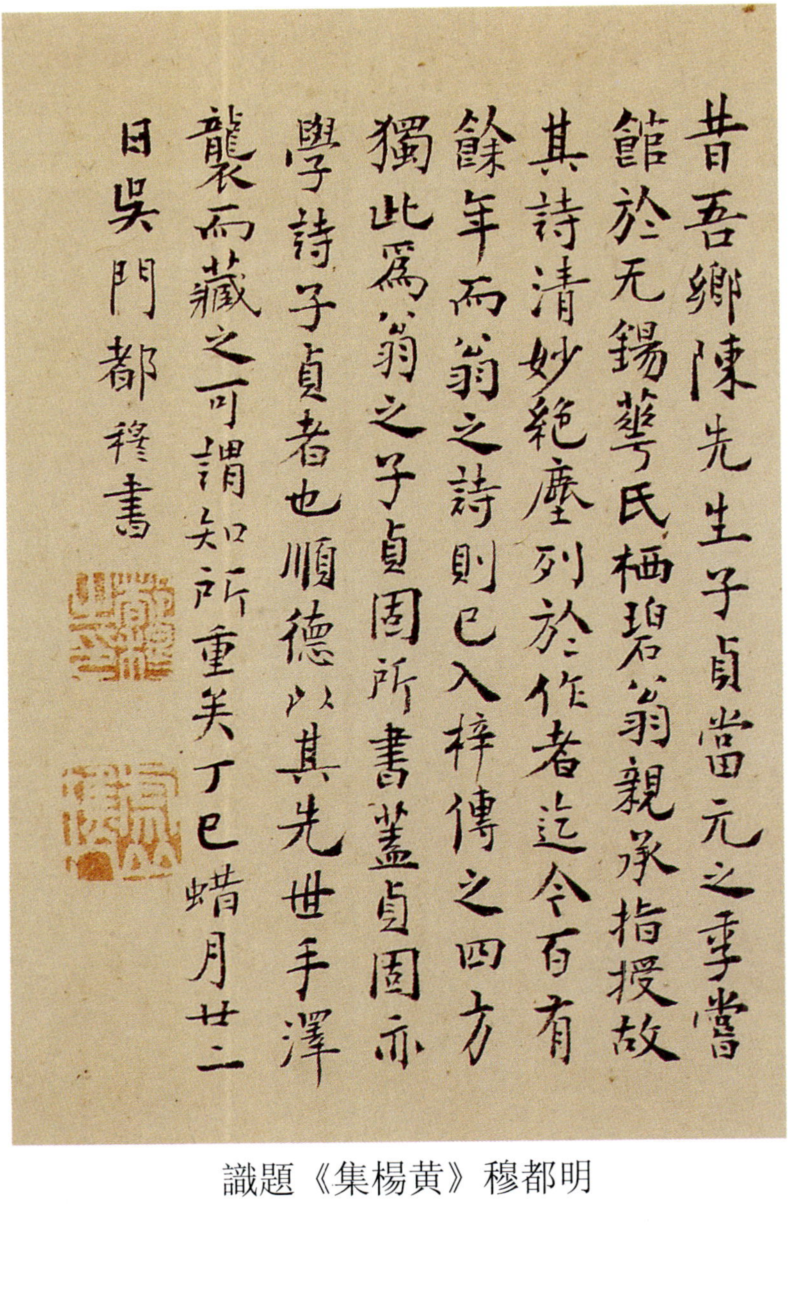
昔吾鄉陳先生子貞當元之季嘗
館於无錫華氏栖碧翁親承指授故
其詩清妙絶塵列於作者迄今百有
餘年而翁之詩則已入梓傳之四方
獨此爲翁之子貞固所書蓋貞固亦
學詩子貞者也順德以其先世手澤
襲而藏之可謂知所重矣丁巳蜡月廿二
日吴門都穆書

識題《集楊黄》穆都明

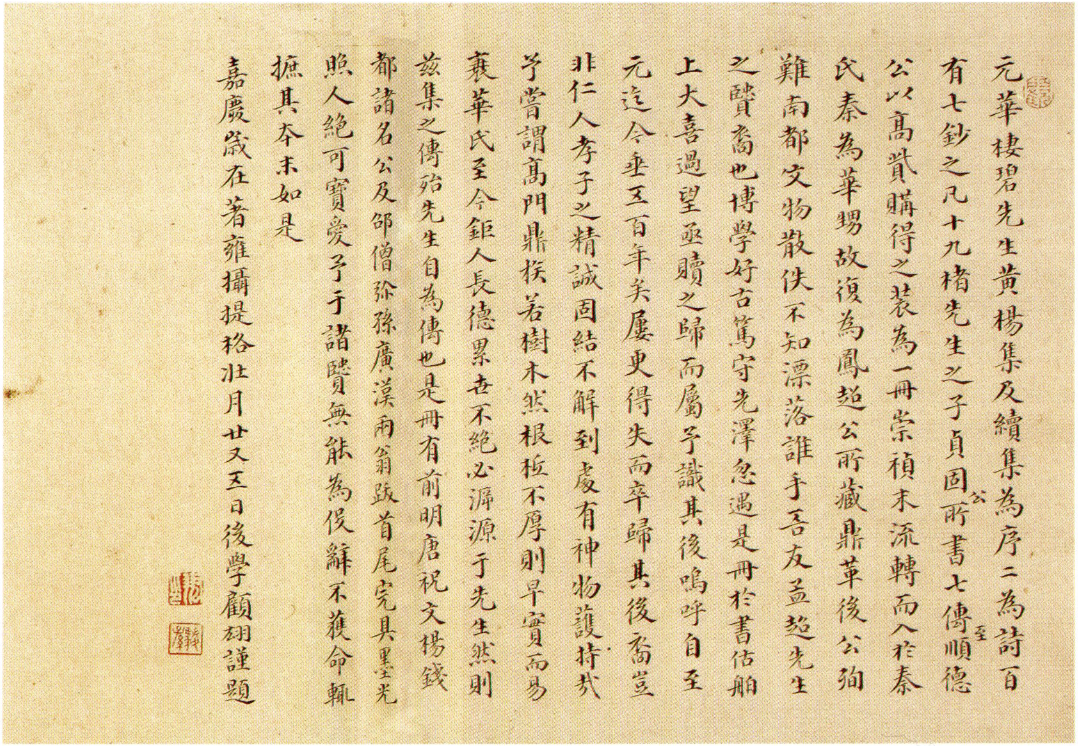
元華棲碧先生黄楊集及續集為序二為詩百
有七鈔之凡十九楮先生之子貞固公所書七傳至順德
公以高貲購得之裝為一冊崇禎末流轉而入於秦
氏秦為華甥故復為鳳超公所藏鼎革後公殉
難南都文物散佚不知漂落誰手吾友益超先生
之贒裔也博學好古篤守先澤忽遇是冊於書估船
上大喜過望亟贖之歸而屬予識其後嗚呼自至
元迄今垂五百年矣屢更得失而卒歸其後裔豈
非仁人孝子之精誠固結不解到處有神物護持哉
予嘗謂高門鼎族若樹木然根柢不厚則早實而易
衰華氏至今鉅人長德累世不絶必溯源于先生然則
茲集之傳殆先生自為傳也是冊有前明唐祝文楊錢
都諸名公及邵僧彌孫廣漢兩翁跋首尾完具墨光
照人絶可寶愛予于諸贒無能為役辭不獲命輒
摭其本末如是
嘉慶歲在著雍攝提格壯月廿又五日後學顧翃謹題

識題《集楊黄》翃顧清

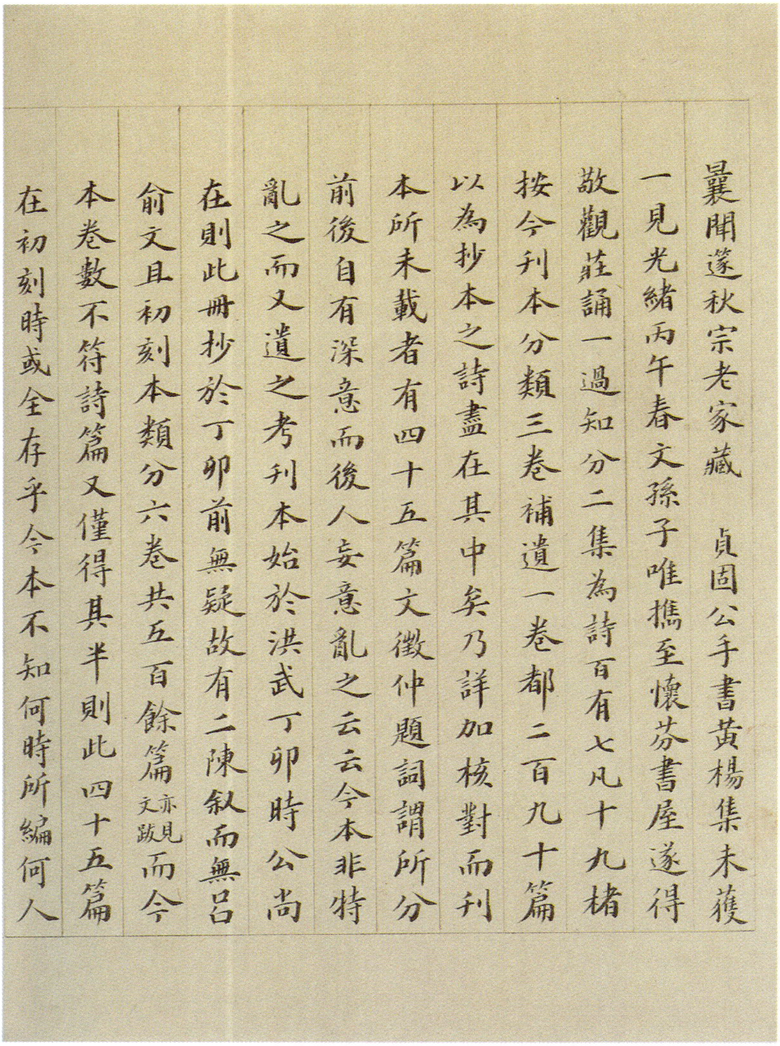

曩聞遂秋宗老家藏　貞固公手書黃楊集未獲
一見光緒丙午春文孫子唯攜至懷芬書屋遂得
敬觀莊誦一過知分二集為詩百有七凡十九楮
按今刊本分類三卷補遺一卷都二百九十篇
以為抄本之詩盡在其中矣乃詳加核對而刊
本所未載者有四十五篇文徵仲題詞謂所分
前後自有深意而後人妄意亂之云云今本非特
亂之而又遺之考刊本始於洪武丁卯時公尚
在則此冊抄於丁卯前無疑故有二陳敘而無呂
俞文且初刻本類分六卷共五百餘篇（亦見文跋）而今
本卷數不符詩篇又僅得其半則此四十五篇
在初刻時或全存乎今本不知何時所編何人

清華鴻模《黃楊集》題識之一

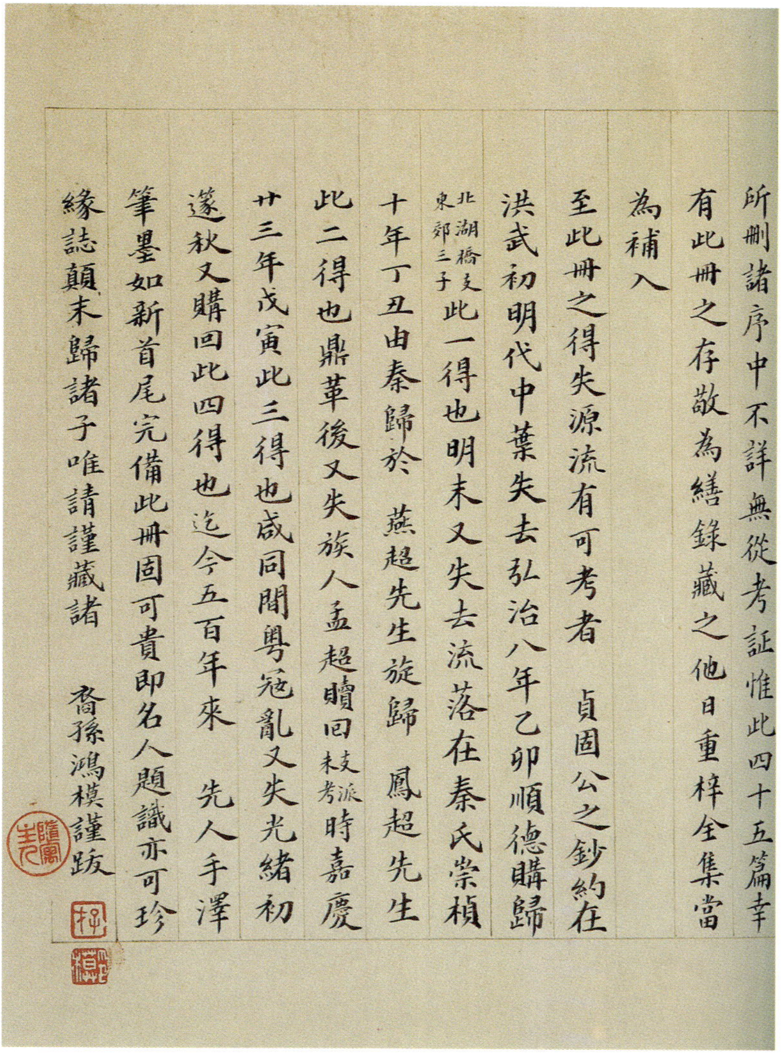
所刪諸序中不詳無從考証惟此四十五篇幸有此冊之存敬為繕錄藏之他日重梓全集當為補入

至此冊之得失源流有可考者 貞固公之鈔約在洪武初明代中葉失去弘治八年乙卯順德購歸（北湖橋支東郊三子）此一得也明末又失去流落在秦氏崇禎十年丁丑由秦歸於 燕超先生旋歸 鳳超先生此二得也鼎革後又失族人孟超贖回（支派未考）時嘉慶廿三年戊寅此三得也咸同間粵冦亂又失光緒初遂秋又購回此四得也迄今五百年來 先人手澤筆墨如新首尾完備此冊固可貴即名人題識亦可珍緣誌顛末歸諸子唯請謹藏諸

裔孫鴻模謹跋

清華鴻模《黃楊集》題識之二

【(元)華幼武 撰】

黄楊集

華仲厚
華叔和 重編
華季平
趙承中 點校
華人德 審定

蘇州大學出版社

圖書在版編目(CIP)數據

黄楊集/(元)華幼武撰;華仲厚,華叔和,華季平重編;趙承中點校. —蘇州:蘇州大學出版社,2012.1

ISBN 978-7-81137-829-0

Ⅰ. ①黄… Ⅱ. ①華… ②華… ③華… ④華… ⑤趙… Ⅲ. ①古典詩歌—詩集—中國—元代 Ⅳ. ①I222.747

中國版本圖書館 CIP 數據核字(2011)第 213747 號

黄楊集

(元)華幼武 撰

趙承中 點校

責任編輯 金振華

蘇州大學出版社出版發行

(地址:蘇州市十梓街 1 號 郵編:215006)

揚中市印刷有限公司印裝

(地址:江蘇省揚中市科技園區東進大道 6 號 郵編:212212)

開本 700 mm×1 000 mm 1/16 印張 40.75 插頁 8 字數 215 千

2012 年 1 月第 1 版 2012 年 1 月第 1 次印刷

ISBN 978-7-81137-829-0 定價:98.00 圓

蘇州大學出版社營銷部 電話:0512-65225020

蘇州大學出版社網址 http://www.sudapress.com

序

公元一九九八年秋，仲厚、叔和先生昆仲偕親屬數人從海外返錫，謁惠山孝祖祠，見數十年間毀壞改作，已非幼時印象面目，幸存之享堂亦徒有四壁，皆愴惻動懷，憶及其父繹之先生曾有囑咐：「祠堂保養，有賴爾等後輩！」故與有關部門反復商議，由仲厚、叔和、季平三兄弟出資重修。按所記明弘治十七年修建規模，重建永錫堂、成志樓及祠丁房、四周圍牆，惟南圍墻舊址因有後植水杉兩行，而相應内移。享堂内孝祖坐像已毁，重塑而改為銅鑄，并置龕座。北墻建為碑廊，陳列自元至今初刻及重刻之孝祖祠碑記十通。堂樓中文化設置略備。

上列建築設施資費均由仲厚等兄弟承擔。惟庭院内原有之旌節、節愍、旌義三祠及北側華氏新祠尚未恢復。仲厚先生以耄耋之年督其事，費盡心力，自申請、協商、設計、施工歷八年方竣。《重修孝祖祠記》述其始末，刻碑立於祠。其間，三兄弟復有整理華氏家族文獻之設想，於二零零五年十二月，出資以家藏貞固公手書《黄楊集》原迹及識跋、明清十六名家書録栖碧公花卉詩手卷，付蘇州古吳軒出版社彩色影印精裝出版，書前有三兄弟所作英文序一篇。

華氏遷錫九世祖栖碧公所撰《黄楊集》，身後由其仲子貞固公編輯遺稿，有手録本及門人吕緯文刻本。數百年間，屢廢屢刻，或存或佚。仲厚先生因撰序言而查考《黃楊集》諸版本，見《四庫全書總目》僅列存目，并獲知臺北故宫博物院有《黃楊集》古本三種：其一為明末山陰祁承㸁澹生堂鈔本六卷，所據以貞固公曾孫守方於成化十八年輯刻者為底本；餘二種各為三卷或四卷本。著録四卷者，其一卷為補遺，皆為明萬曆四十六年華五倫所輯刻，即清乾隆間修《四庫全書》之進呈者。此刻本國内多所圖書館有藏，且《北京圖書館古籍珍本叢刊》及《續修四庫全書》均據以影印，已廣為流傳。然考索早期刻本，如貞固公所輯，洪武二十年丁卯門人吕緯文刻本六卷；華守方輯，成化十八年壬寅重刊本六卷；華烈據守方輯本，弘治間重刊本六卷等，均已佚失。故賴澹生堂鈔本，懸一綫而傳其全貌，彌足珍貴。經向臺北故宫博物院申請，購得澹生堂鈔本縮微膠卷。貞固公手録本為録其父《黄楊集》與《續集》手稿，以及陳方、陳謙二序之墨迹，為最初始傳真之文本。然存詩僅一百又四篇，略有殘闕，另有四篇為他人唱和之作。而澹生堂鈔本所據者為華守方輯，成化十八年重刊本。守方因曾祖貞固公所輯洪武二十年吕緯文刻本歲久漸湮訛，故旁搜遍購，又得四百餘篇，命子烱、燧、烣考訂完補，重刻之。刻本雖佚，而由澹生堂鈔本得傳，存詩五百又四篇、詩餘三篇、文二篇，并卷端安福彭華、陳方、陳謙序三通及詩文之總目，卷末有俞貞木後序。此為早期版本傳世最完備者也，與貞固公手録本互有優長。以斯二者為底本作校勘整理，可以傲視弘治以後各本矣。於是延聘趙承中先生任其事。趙承中亦無錫人，閻熟鄉邑文史，窮數年之力搜羅《黄楊集》諸版本，著文詳考各本承襲、存佚、流傳之原委，并將詩文校勘標點，反復尋究，已畢其功。

錫山華氏宗族，自晉孝祖寶以來，代以孝聞於世。元栖碧公幼年失怙，事母至孝，於堠陽構貞節堂、春草軒奉母頤養，并示不忘養育之恩。元末，春草軒毁於兵燹，貞固公於鵝湖復建之，以為家族娱親養老之所，并立《家勸》十則，誡子孫耕讀敬誠，孝德家風，奕世不墜。惜傳統道德，淪毁多年，今重倡孝行，共構和諧社會，慎終追遠，親親及人，民德可以歸厚矣。《黄楊集》之整理重刊，亦將裨益於世也。

辛卯歲元宵裔孫人德撰於吴中

前言

一

《黄楊集》六卷，元華幼武撰。

華幼武字彦清，號栖碧，常州路無錫州人，世居梅里鄉之隆亭，隨曾祖父友聞遷堠陽。華氏為無錫著姓，先祖華寶，東晉義熙末，其父豪將戍長安，謂寶曰：「須我還，當為上頭。」後城陷。華寶奉父之言，終老未冠婚，以孝行聞天下。《南齊書》卷五十五、《南史》卷七十三有傳。父鉉，又名也先，一作野仙，字子舉，仕元由宿衛授都功德使司都事，謝病歸，歿年二十六。吴郡陳謙撰行述，義烏黄溍銘其墓。母陳氏名明淑，撫孤持家，矢志守節，至正二年（一三四二）獲旌表。吴縣俞貞木有墓志，邑志入列女傳。華幼武生元大德十一年（一三零七）十月初六日，卒明洪武八年（一三七五）正月十八日，得年六十有九。俞貞木撰《栖碧處士壙志銘》，常州府志、無錫縣志有傳。

華幼武一生大致可以至正十三年（一三五三）其四十七歲時老宅毁於大火為界分成前後兩個時期。

前一時期他基本是在家鄉度過的。當時社會相對安定，他原本家道殷實，紹繼先業後又勤於治生，蓄積益厚。但他雅志恬淡，不尚奢靡，無意於仕進，元丞相周伯琦等屢薦之，皆不就。

事母至孝，構貞節堂奉娛頤養；另構春草軒，取唐人孟郊《游子吟》「誰言寸草心，報得三春暉」詩意，以示不忘撫育之恩。為人敦厚和易，敬親睦族，尊賢禮友，樂善多施，一以仁恕為歸。

後一時期反元義兵紛起，時局動蕩，他復罹家難，不得不攜家避亂，遷徙無定所，輾轉於蘇州、常熟、吴江之金涇、長洲之周莊及常州等地，間關羈旅，野行舟宿，飽嘗顛沛流離之苦。至正二十三年（一三六三）中秋一度回到梅里草堂廢墟，作短暫逗留。至明王朝定鼎南京，江南富民類多遷往濠州落戶，他以《上徐相國》一詩獨免，得重返故里。因舊址荒圮，命諸子擇地另營新第，未及竣工而逝。

華幼武喜讀書，工翰墨，尤好吟咏，老而彌篤。後至元初，華幼武延聘谷陽陳子貞方坐館課子，相與論詩，晨夕推敲，遂為師友交。嘗手注杜甫詩，凡章句起結、景物意象莫不詳辨，能得其大要，聲名日隆。一時之名賢如張雨、王逢、倪雲林、張著、張翥、黄溍、鄭元祐、楊維禎、陳基、陳謙、俞貞木輩，多樂與相往還。有著述兩種，《杜詩評鈔》已佚，僅《黃楊集》傳世。

二

《黃楊集》之名係陳方所題。其序云：「彥清愛詩甚篤，而莫於多事。予來此二年矣，見其録成帙者，未肆然而為之也，因戲題其帙之端曰《黃楊集》。世傳黃楊之為木，遇閏歲則厄而不長。彥清能不為閏所厄，則干霄聳壑，予將承其餘陰之下矣。」（凡不注出處之引文，俱見本書。下同。）陳方借黃楊之習性喻人，顯然是對作者的一種勉勵。陳謙於《續黃楊集序》中亦云：「（陳）子貞題其集曰《黃楊》，蓋勉其無厄閏云……茲木之退乎閏者，乃所以進乎閏也，名集《黃楊》固當。仍題以《黃楊續集》而歸之。」他認同了此名，但從「以退為進」的積極層面加以詮釋，這與陳方的原義已有所不同。而華幼武則在一首題為《黃楊》的詩中用形象的語言對二陳的題名作出了回應。詩云：「只尺黃楊樹，婆娑枝幹重。葉深團翡翠，根淺踞虬龍。歲歷風霜久，時沾雨露濃。未應逢閏厄，堅質比寒松。」他乾脆改變了「黄楊」一名的内涵，由「習性」提升到「品格」，從而賦予此名以全新的意義。

華幼武現存詩歌五百一十一篇、詞三首、文二通。詞皆應酬之作，文為祭文，無甚可取；惟其詩歌，不但數量較多，而且五七言絕句、律詩、排律、古風衆體兼備，代表了他的創作成就。明代莫息的《錫山遺響》、俞憲的《盛明百家詩》，清代錢謙益的《列朝詩集》、朱彝尊的《明詩綜》、顧嗣立的《元詩選》初集、聖祖玄燁裁定的《御選宋金元明四朝詩》、顧光旭的《梁溪詩鈔》、盧文弨的《常郡八邑藝文志》等都選收有他的作品。後人稱他「以詩聞於時」，并非諛詞。

華幼武是一位怡情自適型的詩人。他作詩的主旨是抒寫自我，陶冶心性，所以往往從自己周邊攝取素材，或是親歷親見親聞，或是所思所求所好，信手拈來，有感而發。在他的作品中，最多的要數寫宴飲、唱和、贈別、懷人之類的交游詩，如《亂後與陳先生并諸弟夜飲》、《次韵答張則明》、《送茂昭游京師》、《中秋憶大子完韡》等，約占總數的五分之二。這類詩真實地再現了他與平日所交往的親友之間的情誼，讀來親切動人。另一類題咏詩數量也較多，有四分之一强，内容涉及多人的畫卷、藏品、詩稿及多處軒亭齋堂和多種花草竹木，如《題秋溪釣隱圖》、《題朱高士所藏趙承旨墨蘭》、《題周子羽詩稿》、《題呂氏滄浪亭》、《題謝氏友竹軒》、《雁來紅》、《秋萱》等，反映出他的高雅情致。此外，還有紀游、紀行、紀事詩，如《登鹿頂山》、《至正庚子二月十日舟中作》、《村居喜維順甥見過饋貺香橙糍餅》等，則可看做一種用詩歌體寫成的自敘行述。相反，有關時事的題材，特别是蒙元王朝與朱元璋、張士誠、陳友諒等群雄相互間的頻繁戰事及影響到歷史進程的「重大事件」，作者只是偶有涉及，如寫官軍募兵討伐江西的《義兵行》和寫官軍收復湖州的《喜官軍過南收湖州殘寇》等。但他并沒有去評説是非或宣揚武功，而是以一個亂世難民的視角，把造成衆生家破人亡、妻離子散、田地荒蕪的痛苦根源歸咎於戰争，表達了反對戰争、渴求和平安定的生存環境的良好願望。這與唐代詩人杜甫的《兵車行》、「三吏」、「三别」的主題是一脈相承的。

作者擅長寫景狀物，但不以辭藻穠麗和用典工整取勝，也不作嘩衆、怪僻之語，而是善於捕捉景物的意象特徵。他用質直的、看似漫不經心的詞句加以描摹，每每有出人意表的妙筆，且絲毫不見雕鑿痕迹。如《溪山勝概亭》中「多少門前客，黄塵滿後車」聯，先用「黄塵滿」這一具體表徵點明有很多客人是遠道而來的，借以渲染溪山勝概亭的名聲之大。再如《入郭》

中「天清人意朗，地闊馬行遲」聯，以明快的節奏、近乎口語的言辭傳達出作者的喜悅之情。又如「山雨斷仍續，江雲低未開」聯中的「斷仍續」、「野草侵衣潤，江雲捲幔輕」聯中的「捲幔輕」、「南窗一枕睡初覺，蝴蝶滿園如雪飛」聯中的「如雪飛」等，動靜相間，賦予了畫的意境。作品中另外幾首模仿樂府民歌的小詩，如《江南曲二首》、《七夕詞》二首、《採蓮曲》，也寫得清新自然，不失為佳作。

華幼武經歷了元代中期的承平和元末的戰亂，從一個錦衣玉食的富豪，驟然間淪為一個居無定所的寓公，長期寄人籬下。儘管他曾說：「我過艱難，初無所思，一聽於天。」表現得泰然自若，然而内心凄涼的况味却是不難想見的。不過，作者并没有怨天尤人，除間或流露出些許哀傷外，更多的則是自慰和自勉，用達觀、超脱的心態直面現實。這集中體現在紀事和感懷類詩中。如《九月十五夜見月》：「故園今夜月，一望一悲傷。最愛光輝處，都為瓦礫場。乾坤猶戰伐，風露益凄涼。不意頭如雪，移家客异鄉。」再如《遺漏後寫懷》：「喬木故居烟燼冷，枝栖暫爾寄屠蘇。春風棠棣根仍在，曉露蘭蓀玉不枯。堂上來去思舊燕，巢邊反哺感茲烏。萬間突兀秋須見，豈獨吾廬蔽老夫。」餘不具録。可以看出，亂離中的一景一物無不在觸發着作者的思鄉之痛、懷舊之情。但當他把這種發之於心的情感形於聲時，又恪遵詩教，做到了文言達旨、合於儒家哀而不怨的審美標準。所以，從這個意義上説，他的詩歌在簡淡之中又見出典雅。

在元代詩人群體中，華幼武固然算不上是一位佼佼者，但他的詩歌，以其獨特的視域從一個側面折射出當時的社會生活和文人的精神風貌，以及作者積極樂觀的人生態度，仍值得研究者關注。

三

《黄楊集》在明清兩代乃至民國，或是刊印或是傳鈔，不絕如縷，雖有冠以前綴者，但集名却始終未變。現就所見和所知者，無論存佚，均略加考識，標舉如次。

一、明洪武間華悰韡手録本，題《黄楊集》，一册，不分卷。悰韡，幼武仲子，字公愷，號貞固，明初以經明行修、孝廉、儒士數徵之，俱以疾辭。生於元至正元年（一三四一）七月，卒於明洪武三十年（一三九七）九月。著有《慮得集》，事迹具浦江趙友同撰《貞固處士傳》和吴郡陳鎰撰《貞固華先生墓表》。此本凡十九頁，無格，半頁十六行，每行十六字，書體清秀規正，校改墨迹亦清晰可見。間有殘損，如前集一首七古《九日見菊》闕此詩題，不相銜接；又如續集末端一首七律《贈吕景方得子詩》闕二十四字，應尚有下頁，似已非全璧。

據部分詩題下所標之年月看，大體是按時間順序編排的，前集詩五十一篇，陳方作序；續集詩五十七篇，其中四篇為他人唱和之作，陳謙作序。後有明代弘治以來十八人之題識。長洲文壁識云：「無錫華順德示余《黄楊集》寫本，蓋其遠祖栖碧翁所為詩，翁之子貞固所手書也。前集五十篇(一)，陳方子貞為叙，續集五十七篇，陳子平為叙。」清顧翃輒云：「元華栖碧先生《黄楊集》及《續集》，為序二，為詩百有七，鈔之凡十九楮，先生之子貞固公所書。」華鴻模題識所記之頁數和篇數亦同。足見此本數百年間雖幾度易主，但至少仍保持着明弘治間文壁所見時的原貌。此本無疑是《黄楊集》最早的文本。而清華翼綸則認為尚有更早的元代刻本，云：「《黃楊集》若干卷，為九世祖栖碧公所著，始刻於元至正十一年（一三五一），谷陽陳方、吴郡陳謙為之序。」民國間，辛幹先生《無錫藝文志長編》沿用此語，亦云：《黃楊集》「初刻於元至正間，谷陽陳方、吴郡陳謙為之序」。此說的唯一依據便是陳謙續集序所署的年份，并無其他旁證，所以只能將其看做是一種猜測。二零零五年十二月，此本由蘇州古吴軒出版社影印出版，題《黃楊集》。書前有原件珍藏者華仲厚、叔和、季平昆玉所作英文序一篇，華幼武、悰韡父子畫像各一幀；書後附聶大年、王錫爵、文震孟、金祖静等明清名家所録幼武詩十九幅，及沙無垢撰《元棲碧先生〈黄楊集〉識語》一篇。

二、明華悰韡輯，洪武二十年丁卯（一三八七）吕緯文刻本，題《黄楊集》，六卷。今佚。最先提及此本者乃明人文壁，他在題記中寫道：「此詩洪武丁卯其門人吕緯文嘗刻入梓，俞貞木叙之，而吕亦自為之引。」但使他感到困惑的是：「無錫華順德示余《黄楊集》寫本……此有二陳序而無俞、吕之文，蓋未刻前所録。但刻本類分六卷，共五百餘篇，而此僅僅百餘篇，又是漫録，豈選本耶？」關於此本與手録本之關係，華鴻模在手録本的題跋中作出了解答，云：「考刊本始於洪武丁卯，時（貞固）公尚在，則此册抄於丁卯前無疑，故有二陳叙而無呂、俞文。」這就是説悰韡生前輯有兩種文本，一為其手録之「寫本」，即華順德奉示文壁求取題識者；一為俞貞木《黄楊集後序》所云「（栖碧）翁既没，其仲子公愷手編其遺稿，示余，因俾其外孫楊繹重為繕寫，門人吕緯文鋟木而廣其傳」之洪武丁卯六卷本。兩者互不相干，文氏不明内情，誤把手録本當做洪武丁卯刻本之底本，故生此疑端。此本公私藏目罕有著録，僅見於清人邵懿辰撰、邵章續録之《增訂四庫簡明目録標注》與吴焯之《繡谷亭薰習録》。前者在「《黄楊集》二卷」條下提到有「洪武丁卯刊」本，惜未作任何描述，詳情無從考究；後者在卷二《集部》中則有「王乃昭手録本校洪武丁卯刊本，微有不同」之語。如此言不謬，則此本至清代前期尚存於世，只是見者寥寥而已。

三、明華守方輯，成化十八年壬寅（一四八二）序刊本，題《黃楊集》，六卷。守方，悰韡曾孫，幼武玄孫，名方，號時茸，恩例壽官。生永樂五年（一四零七）二月，卒成化二十三年（一四八七）六月，事迹具長洲吴寬撰《冠帶處士時茸公傳》。刻本已佚。今存明末山陰祁氏澹生堂鈔本，舊藏國立北平圖書館，後歸臺北故宫博物院，由此鈔本得以概見刻本之大略。鈔本為二册，藍格，書口刻「淡生堂抄本」五字，半頁十行，每行二十字，工楷書寫，按體分卷。卷一，五言絕句、五言律詩；卷二，五言排律、五言古風；卷三，七言絶句；卷四，七言律詩；卷五，七言律詩續、七言排律；卷六，七言古風、詩餘、祭文。都五百九篇，實詩五百四篇、詩餘三篇、祭文兩篇。卷端有安福彭華、陳方、陳謙序三通和六卷詩文之總目，卷末有俞貞木後序。卷内鈐有「澹生堂經籍記」、「山陰祁氏藏書之章」、「曠翁手識」、「澹生堂中儲經籍，主人手校無朝夕，讀之欣然忘飲食，典衣市書恒不給，後人但念阿翁癖，子孫益之守弗失。曠翁銘」、「苕上散人」、「包虎臣藏」、「包子莊秘笈印」等印記。彭華《重刊黄楊集序》稱：幼武「既没，其仲子公愷收拾遺稿，僅得其半，門人吕緯文亟請鋟梓。歷歲既久，漸就湮訛。翁之玄孫守方旁搜遍購，又得若干篇，命三子烱、燧、焮考訂完補，重刻以傳」。據此可以認定，此本乃華守方自輯而非洪武丁卯本之重刊。近人王重民先生撰寫《中國善本書提要》時，在北平圖書館曾親睹此書，并認為眉端之朱筆校字可能是傅增湘先生命校官校書所遺。則另紙抄夾集中之《奉題東湖泛月詩卷》、《秋江送別圖》二題和《九日見菊》、《憶昔》兩首七言古詩，及明俞貞木《栖碧先生壙志銘》、元张翥《春草軒記》、元陳方《栖碧軒記》、明劉衢《題貞固春草第二軒》、明吕緯文《鋟梓〈黄楊集〉引》，筆迹與之相同，亦出於校官之手。傅增湘先生《校淡生堂鈔本華彦清〈黄楊集〉

跋》云：「《黄楊集》三卷，《補遺》一卷，入《四庫存目》中，世傳者惟同治甲戌（十三年，一八七四）其二十世孫翼綸重修。」知其用以與澹生堂本對校者為清同治甲戌本，所抄補之詩文當録自此本。又，上海圖書館藏有民國八年趙慰蒼抄澹生堂本《黄楊集》六卷，收入《趙氏壽華軒集部叢鈔》之六，書口有「壽華軒」三字，内有「壽華軒」、「慰蒼手鈔」、「味滄手校」印記。亦二册，半頁十行，每行二十字，不僅編次文字、行間字距，且連眉校、收藏印章悉依原本。另增設《黄楊集補遺》、《黄楊集附録》二目，以分置補録於另紙之詩二首和文五篇。

四、明華守方輯，弘治間華烈重刊本，題《黄楊集》，六卷。書目無載，華氏後人也從未説起。今僅見廣昌何喬新所撰《重刊黄楊集序》，載《椒丘文集》卷九，曰：「錫山華先生彦清，在勝國時以詩名於吴中。所著《黄楊集》，門人吕緯文鋟梓以傳。歲久僞且缺，其玄孫守方購得善本，正其僞，補其缺，重刊於家。然守方甚重斯集，不輕易傳諸人，雖子姓宗戚，求摹印者亦靳不予。守方之族弟烈，由進士擢建昌郡推官，以斯集傳之未廣，慮久而湮滅，乃捐俸重刊，以廣其傳。」這篇序文未署年月，但爲瞭解此本提供了一些重要信息。第一，此本係重刊而非新輯；重刊之原因是不滿於華守方對己之所刻過分珍愛，秘不示人，恐日久湮滅；重刊之底本當爲華守方所輯之六卷本。第二，此本乃華烈捐俸所刻。第三，付梓時華烈在建昌府推官任上。華烈，悰韡弟同韡曾孫，幼武玄孫，字武承，號東窗，生景泰五年（一四五四）七月，卒弘治十三年（一五零零）十一月。《譜傳》載：「甲辰（成化二十年，一四八四）登進士，除廣州府推官。丁外艱，服闋，補建昌府，決滯獄悉輸其情，為巡按御史所奬异。滿三載績歸，途聞母喪，哀毀垂絕。服除，改杭州府，政聲視昔有加……欽取南道御史。至京，以疾卒。」(二)成化共二十三年。按其履歷，華烈舉進士後，先是之廣州府推官任，接着便是丁外艱，回家守制，二十七閲月而服闋，然後再赴京師候補。這一番奔忙，足够耗費掉成化最後三年的光陰。

待到建昌府署推官印時，則當已改元弘治，故而將此本的重刊年代定在弘治間，應該不成問題。

五、明華察輯，隆慶二年戊辰（一五六八）華承業刻本，題《黄楊集鈔》，二卷。華察，幼武七世孫，字子潛，號鴻山，嘉靖五年（一五二六）二甲進士，嘗賜一品服出使朝鮮，官至翰林院侍讀學士掌南京翰林院事。生弘治十年（一四九七）六月，卒萬曆二年（一五七四）五月。著有《翰苑稿》、《留院稿》、《東行紀興》、《皇華集》、《碧山堂集》、《知退軒集》、《巖居稿》等，事迹附《明史》卷一八七《王慎中傳》，王世貞撰有《華公墓碑》。承業，華察兄華宇之子，字以勤，號少泉，太學生，上謁選曹，授南京鴻臚寺司賓署署丞。生正德九年（一五一四）正月，卒隆慶四年（一五七零）正月，事迹具華察幼子叔陽撰《從兄少泉君行狀》。此為選本，一册，半頁八行，每行十六字。卷上收五言古詩、七言古詩三十一首，卷下收五言律詩、七言律詩、五言絕句、七言絕句九十七首，刀工精良，字體秀雅。卷端為陳方、陳謙二人集序和吕緯文引，卷末為俞貞木後序、華察《重刻黄楊集後語》。此本有「蕉林藏書」、「蒼巖山人書屋記」、「蒼巖子」、「觀其大略」等朱白文印記，應是清初收藏家梁清標家舊物；間為近代著名藏書家李盛鐸所得，故又有李氏手題之書名、題跋與「椒微藏」

三字；今藏北京大學圖書館。編選此集的緣起，華察在後語中述之頗詳，云：「七世祖栖碧翁先生有遺稿，曰《黄楊集》若干卷，藏於家。其詳具載前後序中……今按察使是堂俞公欲編輯《盛明百家詩》，上自縉紳，下至韋布，罔不蒐括。察乃於所藏集中，手録諸體，凡百二十有八首，以備采擇，非敢有所可否其間也。第《百家詩》卷帙浩繁，一時未易就緒。茲本恐其久而散失，因屬兄子承業鋟梓以傳，蓋不敢沒先人之善云爾。」可知此一百二十八首詩原是特意為「是堂俞公」編輯《盛明百家詩》時「采擇」而選的。是堂俞公名憲，字汝成，是堂為其號，又號岳率，無錫人，嘉靖十七年（一五三八）進士，歷官山東按察使。生正德三年（一五零八），卒隆慶六年（一五七二），著有《遼海集》、《金陵集》、《蓬萊集》、《輦下集》、《説詩》等。他的《盛明百家詩》輯成於去世前一年，共兩編，前編一五三卷，後編一五零卷。編入後編卷二之《華氏黄楊集》選有華幼武詩四十七首，釐為一卷，皆取自華察手録之本，與《黄楊集鈔》同出一源。民國《續修江蘇通志・無錫徵訪類稿・藝文志》所載「明隆慶刊本，白棉紙精印」的「《黄楊集》一卷」并非華察輯本，而應是《盛明百家詩》本。

六、明華五倫輯，萬曆四十六年戊午（一六一八）序刊本，題《栖碧先生黄楊集》，三卷，補遺一卷，附録一卷。五倫，承業曾孫，幼武十一世孫，字永膺，號子虛，南京鴻臚寺序班，生萬曆元年（一五七三）五月，卒清順治二年（一六四五）五月。此本四册，半頁九行，每行十八字。卷上是五言古詩、七言古詩，卷中是七言律詩、七言排律，卷下是五言律詩、五言排律、七言絶句、五言絶句。補遺中彙録諸體，凡三百首整。各卷均有卷目。卷端為長水孫弘祖撰《重刻黄楊集序》，及《彙鍥栖碧先生詩集原本序跋》四篇，即二陳之集序、續集序、吕緯文之録梓引、俞貞木之後序，又有《重刻黄楊集後語》一目。此當為華察所撰者也。附録為俞貞木《栖碧先生壙志銘》、張翥《春草軒記》、陳方《栖碧軒記》、劉衢《題貞固春草第二軒》，亦四篇。《四庫全書總目》有著録，入《集部·别集類存目一》；清丁丙《善本書室藏書志》亦曾著録，卷内有丁丙題跋，及「四庫附存」、「丁氏八千卷樓藏書記」等印記，現藏南京圖書館。《四庫全書存目叢書》即據此本影印。此刻多家圖書館有藏，《北京圖書館古籍珍本叢刊》、《續修四庫全書》所影印者俱為北京圖書館藏本。北圖藏本有幼武十二世孫華汝高在清康熙五十二年（一七一三）閏五月分别於卷端、卷中空白處補録的華察《重刻黄楊集後語》全文和《喜幼子文韡遠歸》、《過鄒生》、《次韵答趙季文》、《遺懷奉呈東湖叔》等七言律詩、七言排律各兩首。這兩種藏本《中國古籍善本書目》都標注為

「明萬曆四十六年華五倫刻本」。但是，著名版本目録學家王重民先生却稱此本是幼武仲子公愷即悰韡所輯，幼武十世孫與進所刻。其《中國善本書提要·集部·别集類》「《棲碧先生黄楊集》三卷補遺一卷附録一卷」條云：「是集有兩本，繁簡不同。一為幼武仲子公愷輯本，即此本是。一為玄孫守方輯本，凡六卷，今北京圖書館所藏澹生堂鈔本是……此本為幼武十世孫與進所刻，諸家未道及，在公愷輯本中，亦罕傳之本也。」另一位著名版本目録學家傅增湘先生也有類似的議論，詳所著《藏園群書題記》卷第十六《集部六·元别集類》「校澹生堂鈔本華彦清《黄楊集》跋」條。為辨明這個問題，先看孫弘祖之序。序曰：「余客子虛許兩年，習其門風，并習其祖先遺集，往往祈嚮。頃重刻翁集，屬余序之。夫碎金斷璧，自是王謝家物，而不有賢子孫，將無作堂前之燕乎？子虛致足多也。」文中兩次提到子虛，表明此刻與五倫有關。再看五倫本人所作之《黃楊集後跋》。此跋未收入萬曆刻本中，而見於崇禎重刻本、嘉慶丙辰本、同治補修本、鈔本《黃楊集》，及《華氏通四堠陽晴雲支宗譜》數書。跋云：「茲集先學士有手抄，吾曾祖少泉翁刻而藏之家塾。倫懼後之人不復睹其全也，爰覓原集，彙為四卷，授之梓人，與抄本并存云。」由此可知，是本確係五倫所輯且刻。而與進為華察曾孫，五倫之族叔，字晉明，太學生，著有《繁祉堂集》等，因孫弘祖之序為其所書而厠名其間，僅此而已。故王重民先生之説係誤。但既是五倫輯刻，其後跋何以獨不見於此本，而反梓入後之重刊本？華察之後語，又何以只立其目，却不著其名、不録其文？此誠不可解者也。

七、明華五倫輯，明崇禎十四年辛巳（一六四一）華允誠重刻本，題《栖碧先生黄楊集》，三卷，補遺一卷，附録一卷。此本付梓時五倫尚健在。允誠，幼武九世孫，字汝立，號鳳超，受業於鄉先達高攀龍。天啓二年（一六二二）進士，歷官兵部職方司員外郎協贊郎中事；南明弘光立，起為吏部文選司員外郎，尋改驗封司，引疾歸；後以不肯薙髮殉節江寧。生萬曆十六年（一五八八），卒清順治五年（一六四八），著有《春秋說》、《春秋三傳合删》、《四書大全參補》、《管見象鈔》等，輯《高忠憲公（攀龍）年譜》，詩見《天啓崇禎兩朝遺詩》中。事迹具《明史》卷二五八本傳、無錫錢海岳撰《南明史》卷一百二本傳、清汪琬撰《華鳳超先生傳》，及《東林列傳》、《南明忠烈紀實》、《南疆逸史》等多種史籍。此本亦四册，半頁九行，每行十八字，今人杜澤遜撰、程遠芬編《四庫存目標注》作「半葉十行」㊂，誤。與萬曆本相比，增入華亭陳繼儒撰《題黄楊集》，華允誠撰、文寵光書《黄楊集叙言》，華察後語，華五倫後跋文四篇。陳繼儒題集曰：棲碧先生「以詩文垂世，厚積而發，代有聞人。自學士公遞傳子虚，文心慧業，世承風雅，將後序而傳之。余誦先生之詩，想先生之遇。先生以《黄楊》傳也，《黄楊》以子虚傳也」。此題集作於「癸酉春日」，即崇禎六年（一六三三）之春，允誠上年六月以後方以劾温體仁、閔洪學告歸，尚未有重刻《黄楊集》之議，且文中言不及允誠，當是應五倫之屬而撰。允誠之敘言則曰：「《黄楊集》者，九世祖栖碧府君詩稿……是集也，子虚既梓行於萬曆之戊午，又重梓於今，一若三復而不忘者，其亦有戒心也夫。」「子虚」者，五倫之號；「萬曆之戊午」者，四十六年也。此兩文足可視為萬曆本係五倫所刻之又一佐證。

八、明華五倫輯，清嘉慶元年丙辰（一七九六）華宏源刻同治十三年甲戌（一八七四）華翼綸詒穀堂補刊本，題《栖碧先生黄楊集》，三卷，補遺一卷，附録一卷。民國間，孫殿起曾經售過一種《黄楊集》，亦三卷，補遺一卷，附録一卷，「無刻書年月，約嘉慶間承先堂刊」（四），此或即嘉慶元年丙辰華宏源刻本。而《四庫存目標注》又載有「上海圖書館藏清咸豐六年（丙辰，一八五六）承先堂重刻本，書名卷數同前本。王培孫舊藏」（五）。如咸豐六年丙辰承先堂確曾重刻，則兩本應為同一書板所印。但華翼綸《續修黄楊集跋》并未提到此次重刻，云：「《黄楊集》若干卷，為九世祖栖碧公所著，始刻於元至正十一年，谷陽陳方、吴郡陳謙為之序。逮明洪武丁卯，十世祖貞固公又續梓之。及隆慶戊辰、崇禎辛巳，族祖鴻山公、鳳超公相繼重刻之，各有弁言。以後屢廢屢鋟，殆非一次。嘉慶丙辰，族祖宏源公因舊板已毀，將原本付梓，以廣其傳。而代遠年湮，時有殘缺。同治癸酉（十二年，一八七三），其曾孫繼墳恐其久而散失也，將板送存義莊藏之，因命梓人修其殘缺，以還舊觀。亦猶是宏源公之志也。」嘉慶、咸豐兩刻皆為「丙辰」年，或許杜氏著録有誤。以翼綸所述觀之，詒穀堂本正是他延請吴郡王雲泉將宏源所刻之原板修復後的重印本。宏源，名雲泉，幼武十四世孫，國學生，以長子珙誥封奉直大夫，生乾隆二十年乙亥（一七五五）五月，卒嘉慶十九年甲戌（一八一四）十二月。繼塤，宏源嫡曾孫，字伯吹，國學生，生卒年不詳。翼綸，繼塤族侄，字贊卿，號笛秋，道光二十四年（一八四四）恩科順天府舉人，由廣西軍功授江西永新縣知縣，累加知府銜，誥封中憲大夫，著有《荔雨軒文集》六卷、《續集》二卷、《詩集》三卷。生嘉慶十七年壬申（一八一二），卒光緒十三年丁亥（一八八七）。此本亦四册⑹，半頁十行，每行十八字。同崇禎本相比，附録又添加了真如《貞固先生畫像記并贊》、《謁祠吟五言二首》、華雲泉即宏源之《跋》和華翼綸《續修黄楊集後跋》。真如之記、詩和雲泉之跋及劉衢之《題貞固春草第二軒》，俱同幼武與《黄楊集》無關，闌入於此似有乖體例。抑或出於對先祖的崇敬而輯録遺文，則亦情理可原者也。

九、明華五倫輯，鈔本，不著鈔者名氏，題《黄楊集》，三卷，補遺一卷，附録一卷。二册，白紙無格，半頁九行，每行二十字。卷内有「歙西長塘鮑氏知不足齋藏書印」朱記，知為清嘉慶十九年（一八一四）以前舊鈔，曾經著名藏书家鮑思詡、鮑廷博父子收藏。一九八八年無錫蕩口已故華開榮先生在蘇州購得，後歸其從弟華百順先生，二零一零年初搬遷時遭遇雅偷，當尚存世間。此本四卷，正文篇目與華五倫所輯之刻本無异，但比之萬曆戊午本多出兩文：一在卷端之末，為華察所撰後語；一在附録，為《黄楊集後跋》，他書俱署「五倫」，惟此本落款「益裪」。檢《華氏履歷考》載：「五倫，一名益裪，字永膺，號子虛。」㈦則益裪即五倫也。比之崇禎辛巳本，又少却陳繼儒題集和華允誠叙言二文。若比之嘉慶丙辰本則差之更多。而鮑氏之前，四卷本《黄楊集》止此三刻，未聞有他。此本所據何本，鈔於何時，實難論定。設或五倫本人或命人鈔於萬曆戊午本之既刊，以補其未備，亦不無可能。其一，後跋乃其自撰；其二，落款「五倫」還是「益裪」，概任由己；其三，其後跋有云：「兹集先学士有手抄，吾曾祖少泉翁刻而藏之家塾。」則華察之後語在焉。而如係他人和後人所鈔，一般不會擅改撰者署名。是為明鈔，抑為清鈔？姑存疑於此，以待方家。

十、民國華堂重編，存裕堂木活字本，題《黄楊集》，三卷。《美國哈佛大學哈佛燕京圖書館藏民國時期圖書總目》有著録。堂，幼武十九世孫，字叔琴，吴縣優附生。清光緒十九年（一八九三），堂之族祖鴻模在無錫縣西門外醬園浜開設宏仁堆棧。未幾，堂入宏仁為學徒，升職員、賬房，後出任總經理。光緒三十二年（一九零六）科考職二等，以典史籤分浙江補用，奉委嚴州府收發委員，旋改江蘇本省補用。民元後，歷任無錫市議員、商會會董、全國商會江蘇省幹事、江蘇省農會會員、省振務處幹事、無錫商埠局顧問。民國十年八月，與同邑其他五人當選為第二屆江蘇省議會議員，遂離開宏仁堆棧，邊從政，邊經營自辦的堆棧和絲廠。生光緒五年（一八七九）十一月，約卒於新中国成立初。此本為綫裝二册，半頁九行，每行二十五字，詩仍三百首。少補遺一卷，卷内之詩則按體分插至上中下各卷。此唯一有异於明萬曆戊午、崇禎辛巳，清嘉慶丙辰、同治甲戌各本及鈔本者也。所以，華堂自署「重編」，而不署重輯，用詞甚是貼切。

如上所述，《黄楊集》版次衆多，編輯與刊刻者幾乎均為作者之後人，但就現存的八種文本而言，不僅其卷帙和詩歌多寡不等，而且詩句甚至詩題也异文疊出。

華悰韡手録本是《黄楊集》最初的文本。其年代不會遲於明洪武三十年（一三九七），所録之詩無疑皆本於作者原作。若以此本為基準去觀照其他文本，則不難發現，明末澹生堂鈔華守方所輯之成化本、華察所輯之隆慶本這兩種成書較早的文本基本接近於原作；而對原作作較大更改者實始於華五倫所輯之萬曆本。

前文談到，華悰韡手録本曾幾度易主。光緒三十二年春，幼武十七世孫鴻模在懷芬書屋「敬觀」「貞固公手書《黄楊集》」時所題跋文縷述了「此册之得失源流」，云：「貞固公之鈔約在洪武初，明代中葉失去，弘治八年乙卯（一四九五），順德購歸，此一得也。明末又失去，流落在秦氏；崇禎十年丁丑（一六三七）由秦歸於燕超，旋歸鳳超先生，此二得也。鼎革後又失，族人孟超贖回，時嘉慶廿三年戊寅（一八一八），此三得也。咸、同間粵寇亂，又失，光緒初，笛秋又購回，此四得也。」在收藏过此册的華氏裔孫中，有兩位《黃楊集》的重刊者。一為笛秋，即華翼綸，他是重刊在先，購回在後。一為鳳超，即華允誠，江陰朱選作於崇禎十二年己卯（一六三九）十二月七日的題識中所說的此册「始購於順德公，繼歸於燕超公，今則珍襲於鳳超先生」之語可以證明，允誠至遲在是年已從其兄燕超處取得了此册。在此后至重刊《黃楊集》的將近兩年中，他有非常充裕的時間利用悰韡手録本，或是將其付梓，或用以釐正萬曆戊午本，并增益所缺，使之回歸原作。可他并没有這樣做，却選擇了最省心的方式：直接將萬曆戊午本付諸梨棗。其中之緣由，於史無徵，不敢妄加猜度。

四

《黄楊集》的校勘，前人已有為之者。

首先是明代文壁。他曾以悰韡手録本校六卷本，發現後者不但有「俞、吕之文」，而且「類分六卷，共五百餘篇」。文氏題識撰於弘治十七年甲子（一五零四），其時，洪武丁卯本、成化壬寅本、弘治重刊本已相繼問世。三本皆有「俞、吕之文」，皆「類分六卷，共五百餘篇」，但其未著所見者係何種文本。其實，這三種文本是很容易加以區分的，那就是同洪武丁卯本相比，成化壬寅本有彭華撰《重刊黄楊集序》，弘治重刊本有何喬新撰《重刊黄楊集序》。而文氏未言及彭序與何序，則所見當為洪武丁卯之六卷本。

其次是清代吴焯《繡谷薰習録》所記之「王乃昭手録本校洪武丁卯刊本，微有不同」。王氏「手録本」是據何本所録？「微有不同」者，具體「不同」在哪些方面？「微」至何種程度？因所載過於籠統簡略，現已無法知曉，留下諸多遺憾。

再次是清末華鴻模，亦即悰韡手録本原件持有人仲厚、叔和、季平昆玉之曾祖。他曾以悰韡手録本校「今刊本」，并在題跋中作了記述，云：悰韡手録本「分二册，為詩百有七，十九楮。按今刊本分類三卷補遺一卷，都二百九十篇，以為抄本之詩盡在其中矣，乃詳加核對，而刊本所未載者有四十五篇」(八)。於是不無感慨地寫道：「文徵仲題詞謂所分前後自有深意而後人妄意亂之云云，今本非特亂之而又遺之！」若比照文氏所描述的六卷本，「今本卷數不符，詩篇又僅得其半，則此四十五篇在初刻時或全存乎？今本不知何時所編，何人所删，諸序中不詳，無從考證。惟此四十五篇幸有此册之存，敬為繕録，藏之他日重梓全集，當為補入」。鴻模所謂的「今刊本」、

「今本」，按其卷數和篇數，非五倫輯本莫屬。因為五倫輯本雖然初刻於明萬曆戊午，但崇禎辛巳和清嘉慶丙辰、同治甲戌又三次重刊。這四種文本除卷首和附録互有增損外，四卷詩作的文字却并無變易。

最後是近人傅增湘先生。他用據成化壬寅本所鈔的澹生堂本對勘同治甲戌本，并將两者相异之文字識之書眉，缺漏之篇什用朱筆另紙抄録。然後作結説：「淡生堂本所溢出者，為七絕四十六首，七律一百八首，七古五首，五絕四首，五律四十首，五排一首，五古五首，詞三首，祭文二首，都二百十四首(九)。尤可异者，其各卷題目相同者，而字句往往大异，有一詩而增易至數聯者，幾於改不勝改矣」，兩本「相去懸絕乃如此也」。

以上諸人校勘的共同之處在於全部只使用了兩種文本。由於各自的側重點不同，所涉及的范圍、層級也有廣狹和深淺之別，但都有所發明。其中傅先生的校本價值尤高，展示了傳統方法簡約、明晰之特點，足資後繼者借鑒。

五

本次點校《黄楊集》，在參考并吸收前人已有成果的同時，也有所突破。這主要體現在文本方面。其一，增加了種數。以前的校勘都局限於兩種文本的對勘，本書則擴充成為四種文本之間的互勘。其二，選用了善本。這四種文本并不是任意確定的，而是本着力求完整和保持原貌的原則，在全面梳理和考察的基礎上，經過審慎斟酌而選取的，足可避免以前的校勘在文本使用上的隨機性。

這四種文本分别是：

一、明洪武間華悰韡手録本《黄楊集》（簡稱「手録本」）。此本為初始文本，詩和序文俱録自著者之手稿，直可視同原作。本書以此本作為底本同他本相校。

二、明末山陰祁氏澹生堂藍格鈔本《黄楊集》（簡稱「澹生堂本」）。此本雖係鈔本，且已届明末，但一則，其所鈔之原本為明成化壬寅華守方輯本，在洪武丁卯本缺失的情况下，守方輯本當屬最早的刻本；二則，祁氏澹生堂素以鈔校精審而為後之藏書家、版本學家所推重，所鈔堪足為據；三則，此本是目前僅存的最完備的文本，收詩五百有餘，勝出手録本許多。此勝出者將成為本書的另一底本。

三、明隆慶戊辰華察輯本《黄楊集鈔》（簡稱「隆慶本」）。此本屬於選本，其詩十之七八不見於手録本。而華察僅言「乃於所藏集中，手録諸體」，則其「所藏」，必不能外乎成化壬寅本和現已不存之洪武丁卯本、弘治重刊本這三種六卷本。因所選來源不明，故取以待校。

四、明萬曆戊午華五倫輯本《栖碧先生黄楊集》（簡稱「萬曆本」）。此本為晚明時新輯，崇禎辛巳和清嘉慶丙辰、同治甲戌屢經重刊，復有鈔本，流傳最廣。民國間華堂重編本雖簡縮了補遺，但這只是卷目的調整，并未觸及主體部分的字句，茲徑歸入「華五倫輯本」系列。要之，在晚出諸本中，此本頗具代表性。

總體說來，這四種文本在縱向上涵蓋了各個時期，在横向上又兼顧不同的纂輯者，较为客观地反映了《黄楊集》的传播歷程。

本書編次均依澹生堂本例，詩分體，詞和文僅數首，無法單列，仍入末卷詩後。六卷正文之後，增設補遺、附録兩目。

補遺專輯澹生堂本失收之詩。附録分傳記、序跋、題識、提要、集評、輯存諸子目，載録與作者及此集相關之資料。新見元人《送華彦清還長洲詩序》一篇、詩二十五首及次韻四首、贈寄一首，凡集中有原詩或與之應和者，分别附於其後；未見者，連同紀夢二首、挽詩二首及以春草、栖碧二記，并收在輯存内，以供參閲；而劉衢之《題春草第二軒》和嘉慶丙辰本、同治甲戌本中真如之《貞固先生畫像記并贊》、《謁祠吟五言二首》和華雲泉之《跋》，因與華幼武及《黄楊集》無涉，未予收録。

兩底本皆係手書，凡墨迹漫漶、無法識讀之字，用「□」表示。對於明顯之筆誤，如手録本中《題芸齊》一題之「齊」，他本作「齋」；「蒼雪飄蕭白畫飛」句中之「畫」，他本作「晝」；澹生堂本「繫節揚歌愛月遲」句中之「繫」，他本作「擊」，均依他本改之。由書寫習慣而形成的俗體字，如「恠」、「寉」、「髩」、「觧」、「廻」等，改成規范字「怪」、「鶴」、「鬢」、「解」、「迴」；部分异體字如「藂、蕺」、「趂」、「凄」等，改成通行字「叢」、「趁」、「淒」；冷僻字如「肎」、「飜」等，改成常用字「肯」、「翻」；個別易於產生歧義的本字，如「莫鍾」、「莫雨」之「莫」，則改成意義明確的今義字「暮」。通假字概仍之，俾使本書在方便閲讀的前提下，儘量保持原作之本來面貌。

各本文字相异者，一律出校，用「校記」標示，置於篇後。

本書是遵華仲厚先生之屬點校的。華老先生不顧九十三歲高壽，往返泰國與中國之間，盡發所藏，出示了不少極其珍貴的文獻資料，包括悰韡手録本原件，使此項工作得以順利展開。

在點校過程中，北京大學圖書館古籍部沈乃文、姚伯岳兩先生特為本人複製了館藏孤本：明隆慶二年所刻之《黄楊集鈔》光碟；國家圖書館出版社梁俊軼先生、廖生訓先生，浙江省圖書館地方文獻部袁逸先生、古籍部张群女士，無錫市圖書館古籍部孟明鋒先生朱剛先生等，亦為本人查閱善本和其他文獻資料提供了莫大便利。一并在此深表謝忱！

本書自始至終得到了蘇州大學博士生導師華人德先生的悉心指導，并由他審定了全部書稿。

本人學識淺陋，力有不逮，雖竭心盡力，疏漏與訛誤在所難免，敬祈讀者鑒諒！

點校者　趙承中

二零一一年一月

注釋：

㈠ 前集有七絕《霧中行二首》，未分行繕寫，首尾相接續，故文氏漏計一篇。手録本前集實五十一首，續集五十七首，總一百零八首，後如清代顧翃、華鴻模等人題識稱「為詩百有七」，其誤蓋本於此。

㈡《華氏通四堠陽晴雲公支宗譜·卷首下》，民國十四年存裕堂木活字本。

㈢卷五十一《集部二·别集類一》，上海古籍出版社二零零七年一月版，第二五六九頁。

㈣《販書偶記續編》卷十三，上海古籍出版社一九八零年九月版，第二零八頁。

㈤卷五十一《集部二·别集類一》，第二五六九頁。

㈥國家圖書館藏傅增湘先生校補題跋本作三册。

㈦清乾隆間無錫華汝高輯，清鈔本。

㈧清光緒間無錫秦湘業題識云：「右二册，一為華栖碧先生《黄楊集》

詩百餘首，一為元季名人所撰華氏先代傳志等文，皆栖碧子貞固先生手録也」，知鴻模之謂「二册」，是统而言之也。他如五倫輯本「都二百九十篇」，手録本有而此本「所未載者有四十五篇」，皆誤。前者應為三百篇，後者應為三十九篇，多計之六篇，由詩同名异所致，特附志於此。

(九) 澹生堂本勝出同治本者，實詩二百四首、詞三首、祭文二首，都二百零九首，而非二百十四首。

黃楊集目録

卷三

七言絶句

卷四

卷五

黄楊集補遺

附録

黄楊集 目録

黄楊集卷一

無锡華幼武彦清著

二十八世孫 仲厚

叔和重編

季平

趙承中 點校

華人德 審訂

五言絕句

枕上聞鶴

桐葉露初冷，藕花風暫休。夜凉人不寐，白鶴一聲秋。

霧中行二首

團團日已升，浩浩白霧起。小兒出門言，夜月尚如此。

隱隱霧中行，冥冥海生氣。只尺不見人，飛鳥馬前墜。

同元明德昭弟飲有感㈠

自是聯行雁，分飛避網羅。歸來同夜月，栖息意如何。

【校記】

㈠題，澹生堂本作「同元明德昭舍弟夜飲有感」，萬曆本作「同舍弟夜飲」。

附陳先生次韻 輯自手録本

稻粱秋雨外，江漢足虞羅。不藉天風便，其如失隊何。

江南曲二首(一)

郎上渡江船，妾倚江邊樹。空挽柳絲長，繫郎船不住。

殷勤折春花，送別江南道。問郎何時歸，春花弗長好。

【校記】

(一)題，萬曆本作「江南曲」。

題扇二首(一)

霜柯起凉飆，苔石帶寒雨。一片林壑姿，翛然不知暑。

高木倚蒼老，柔篁俯孩提。相依宛相得，歲寒心不移。

【校記】

(一)題，隆慶本、萬曆本皆作「題畫」。

懷張先生師浩(一)

我愛張夫子，閑居遠市塵。草堂疑近水(二)，還結白鷗鄰。

【校記】

㈠題，萬曆本作「懷師浩」。

㈡草堂疑近水：「疑」，萬曆本作「元」。

題畫次韵㈠

海石涵秋水，風篁生晚涼。孤篷初歇雨，和月度衡湘㈡。

【校記】

㈠題，萬曆本作「次韵題畫」。

㈡和月度衡湘：「衡」，萬曆本作「瀟」。

題畫春禽戴勝㈠

山鳥隔花鳴，桑麻日長成。如何荆棘上，寂寞不聞聲。

【校記】

㈠題，萬曆本作「題畫戴勝」。

巢由圖

聞召輒洗耳㈠，擇流飲其犢。如何跖之徒，貪殘恒不足㈡。

【校記】

㈠聞召輒洗耳：「召輒洗」，萬曆本作「讓洗其」。

㈡貪殘恒不足：「殘」，萬曆本作「心」。

和施子善見寄詩韻㈠名從政，苕溪人，前廣東廉使。二十年之別，信義人也

惜昔苕溪上㈡，分携歲月深。山青雲白處，惟有夢相尋。

世事忽云變，故人消息稀。尺書天外落，老眼發光輝。

【校記】

㈠題，隆慶本作「和施子善見寄韻」，萬曆本作「次韵答施子善見寄」，兩本題下皆無小注。

㈡惜昔苕溪上：「惜」，隆慶本、萬曆本皆作「憶」。

西林避暑七首

雨過青山潤，風生綠竹清。脫巾盤薄晚(一)，蕭散有餘情。

路轉橋分野，溪鳴水繞灣。儵然無限意(二)，俗事不相關。

咿喔鄰雞叫，間關野鳥啼。嗒然群響寂，坐到夕陽西。

樹密柴門靜(三)，溪環草徑斜(四)。護牆烏粟外，紅槿數株花。

靜坐聞啼鳥，垂竿可釣魚。蒲葵不用搧，竹影自扶疏。

一雨洗炎熇(五)，清陰生竹枝。飄蕭蒼雪舞，颯爽引涼颸(六)。

秋後轉多熟(七)，茆檐氣鬱蒸。清涼生肺腑，引飲玉壺冰(八)。

【校記】

(一)脱巾盤薄晚：「晚」，萬曆本作「坐」。

(二)翛然無限意：「翛然」，萬曆本作「林幽」。

(三)樹密柴門静：「樹密」，萬曆本作「密樹」。

(四)溪環草徑斜：「溪環」，萬曆本作「環溪」。

(五)一雨洗炎熇：「熇」，萬曆本作「熱」。

(六)颯爽引涼颸：「颯爽引」，萬曆本作「白苧散」。

(七)秋後轉多熟：「熟」，萬曆本作「熱」。

(八)引飲玉壺冰：「引」，萬曆本作「渴」。

五言律詩

山中初夏

山中當四月，在在綠陰多。有地皆禾黍(一)，無家不薜蘿。江雲低去鳥(二)，沙雨亂新鵝。滿目幽居意，寧容俗駕過。

【校記】

(一)有地皆禾黍：「禾黍」，澹生堂本作「桑柘」，萬曆本作「松竹」。

㈡江雲低去鳥：「低」，萬曆本作「隨」。

村西晚眺㈠

步屧尋幽徑，牽衣上遠岡。竹孫隨意綠，梅子及時黄。水壑多雲氣，柴扉半夕陽。低徊從野老，拂石共清涼。

【校記】

㈠題，萬曆本作「晚眺」。

暮雨

新沐彈冠罷，披衣到骨清。榴花然暮雨，高竹助秋聲。蛛濕垂垂網，螢分細細明。涼思滿天地，移席近軒楹。

喜雨

赤日無餘潤㈠，玄陰忽蔽山。殷雷從地發㈡，好雨發天涯㈢。勢落孤村外，聲翻衆木間。喧呼憐鳥雀，相引望巢還。

【校記】

㈠赤日無餘潤：「日」，澹生堂本作「土」。

㈡殷雷從地發：「發」，澹生堂本作「出」。

㈢好雨發天涯：「涯」，澹生堂本作「慳」。

題溪山勝概亭㈠

水村山郭裏，圖畫列儲胥。不意乾坤大，都移只赤餘㈡。微風時過鳥，明月夜跳魚。多少門前客，黄塵滿後車。

【校記】

㈠題，澹生堂本作「題溪山勝概樓」。

㈡都移只赤餘：「赤」，澹生堂本作「尺」。「赤」通「尺」。

久雨寄友㈠

山雨斷仍續，江雲低未開㈡。已應門巷晚㈢，不見杖藜來。六月衣猶袷，中庭地亦苔。無人話情素，佇立久徘徊。

【校記】

㈠題，萬曆本作「苦雨寄友」。

㈡江雲低未開：「低」，萬曆本作「濕」。

㈢已應門巷晚：「應」，萬曆本作「看」。

甲子晴

最怕春來雨，還逢甲子晴。生成歸地力，耕墾快人情。野草侵衣潤㈠，江雲卷幔輕。田頭看午饁，言笑兩相迎。

【校記】

㈠野草侵衣潤：「野」，萬曆本作「徑」；「潤」，萬曆本作「滑」。

早行

月照柴門白，人騎瘦馬行。炎蒸常苦暍，早發不妨程。路轉南郊直，天回□□傾(一)。竟無交臂客，去去趁溪聲。

【校記】

(一)天回□□傾：「□□」，澹生堂本作「北斗」。

風棚

□□□棚好(一)，清風起四檐(二)。遂令秋滿屋，何用畫垂簾。蔽日雲長在，當窗雨不沾。翛然無限意，叢竹浄相兼。

【校記】

(一)□□□棚好：此句澹生堂本、隆慶本、萬曆本皆作「百尺虛結構」。

㈡清風起四檐：「清」，澹生堂本、隆慶本、萬曆本皆作「松」。

奉賀子貞先生坐吕家池上詩韵㈠

積水疑無底，清風不過牆。敲門寧避數，步屧暫分涼。雜樹陰陰密，新篁個個長。自來嵇阮癖，此地懶衣裳。

竹落蒼凉雪，荷生掩冉雲。林塘傳自昔，枕簟合留君。水鳥當秋語，莎雞向晚聞。只將衣掛樹，喜見月紛紛。

【校記】

㈠題，澹生堂本作「奉和子貞先生坐吕家池上詩韵二首」，萬曆本作「次韻陳子貞坐呂家池」。

入郭

積雨開晴日，西風穫稻時。天清人意朗，地闊馬行遲。城郭還多事，村墟苦數離。預期鄰曲社，須辦酒如□(一)。

【校記】

(一)須辦酒如□：「□」，澹生堂本作「池」。

晚過保安寺(一)

保安南郭寺，野色淨相連。□屋依松檜(二)，空門隔市廛。梵音修竹裏，燈影暮鍾前。欲借山房宿，其如不語禪。

【校記】

㈠題，萬曆本作「過保安寺」。

㈡□屋依松檜：「□」，澹生堂本、萬曆本皆作「古」。

宿怡神道院

山房何闃寂，一榻可淹留。香繞池邊樹，燈明竹外樓。道人終夜語，銷我百年憂。更覓神仙術，相期汗漫游。

附陳方宿洞虛宫和華彦清韵 輯自清顧光旭《梁溪詩鈔》卷五十四

真館時時到，仙花樹樹幽。西風寒入竹，北斗夜當樓。頗覺乾坤异，寧為歲月憂。乞分筇竹好，相伴赤松游。

雪中自興道歸

萬景晝沉沉，孤舟寒不禁。雪嚴欺酒薄，風急打窗深。遠岸埋枯葦(一)，平沙落凍禽。可因高興盡，有路似山陰。

【校記】

(一)遠岸埋枯葦：「岸」，澹生堂本作「路」。

雪後送玄暉道士歸洞虛

飛雨欲成泥，蒼茫暮色低㈠。侵晨雲不斷，一路雪具迷。遠水通舟楫，新春欵杖藜。道人歸興發，目送過前溪。

【校記】

㈠蒼茫暮色低：「暮」，澹生堂本作「樹」。

清坐

驅馳欣暫息，清坐感餘春。細雨偏宜草，疏簾不隔塵。山禽時引子，庭鶴晚隨人。幾負林泉約，空嗟頭上巾。

留常州

繫馬荒城下，西風落日遲。黄茆深市屋，白髮异鄉兒。有地成新壠，無人説舊時。如何終夜角，解送百年悲。

早行即事㈠

早發東門外，晨光隔海升。背巖唯見雪，流水不成冰㈡。快馬衝寒去，孤舟逆浪乘。道途隨所值，夷險兩難憑㈢。

【校記】

㈠題，萬曆本作「早行」。

㈡流水不成冰：「流」，萬曆本作「急」。

㈢夷險兩難憑：「憑」，萬曆本作「仍」。

客樓夜雨

城郭易為熱，江雲起不難。電光分水白(一)，雨氣入樓寒。書葉仍防潤，燈花不耐看。衹緣聽亦慣，蕭颯睡偏安(二)。

【校記】

(一)電光分水白：「分水」，萬曆本作「生夜」。

(二)蕭颯睡偏安：「蕭颯」，萬曆本作「竟夕」。

題芸齋(一)

屋外有餘地(二)，窗前多種芸。初春一夜雨，新綠滿簾雲。净色從書亂，生香與竹分。此時清坐處，應不數蘭薰。

【校記】

㈠題，萬曆本作「芸齋」。

㈡屋外有餘地：「外」，萬曆本作「後」。

次韻送趙高士㈠

曉雨濕行李，春雲逐舊袍。飄蕭弱水路，隱約武陵桃。有意從巾舄，凌風乏羽毛。未應期汗漫，看子穩飛翱。

【校記】

㈠題，澹生堂本作「送趙高士次韻」。

疏雨

秋稻將成日，河流欲斷時。渴心焦似火，雨脚細如絲。野蔓徒沾濕(一)，田車轉喔咿(二)。何當瀉銀漢，雱霈洗創痍。

【校記】

(一)野蔓徒沾濕：「徒」，萬曆本作「微」；「濕」，萬曆本作「潤」。

(二)田車轉喔咿：「轉」，萬曆本作「正」。

謁江東廣德張祠 辛卯(一)

五月江東道，黄梅雨乍晴。山青石不露，澗闊水無聲。坐覺藍輿穩，行便葛屨輕。神靈何所在，金石感精誠。

【校記】

㈠題下小注，澹生堂本作「辛卯歲」。

乱後與陳先生并諸弟夜飲㈠

一別已逾月，相逢説亂離。青氊仍復舊，白髮不勝悲。呼酒休辭醉，歸航且自遲。襟期清夜酌，欣睹太平時。

【校記】

㈠題，萬曆本作「陪陳子平并諸弟飲」。

喜官軍過南收湖州餘寇

維舟南郭暮，喜見大軍過。滿市屯胡馬，從人看駱駝。酒漿迎給衆，弧矢建功多。一戰收殘寇，回途聽凱歌。

喜仲肅兄弟聯轡過訪

憶昨風塵際，愁傷骨肉心。清時重聚首，濁酒且開襟。棣萼光還暎，鴒原誼更深。抵須辭暮雨(一)，相與對床吟。

【校記】

(一)抵須辭暮雨：「抵」，澹生堂本、隆慶本、萬曆本皆作「底」。

與丘先生會飲(一)

入冬愁遠别(二)，歲晚遇君歡。為説移家苦，方驚會面難。舊醅存臘釀，時饌接春盤。行紀關離合，新詩反覆看。

【校記】

(一)題，萬曆本作「陪丘彦啓飲」；澹生堂本題下有小注：「丘名迪，字彦啓，吴人。」

(二)入冬愁遠别：「入」，萬曆本作「初」。

題蘿月山房(一)江陰王元吉先生卷(二)

聞説幽栖處，空庭長薜蘿。曉看雲掩冉，夜舞月婆娑。凉入絺衣細，清歸甕牖多。幾時分半席，與子共吟哦。

【校記】

㈠題，澹生堂本作「題蘿月山房卷」，萬曆本作「題王原吉蘿月山房」。

㈡題下小注，澹生堂本作「王逢字原吉，號蓆帽山人，居江陰，名儒也」。

寄陳子平先生㈠

豈料鬱攸變，弟兄星散居。遂疏親近日，徒寄别離書。燕榻春風在㈡，螢窗夜月虚。幾時仍共席㈢，懷抱為君舒。

【校記】

㈠題，萬曆本作「寄子平」。

㈡燕榻春風在：「在」，澹生堂本、萬曆本皆作「滿」。
㈢幾時仍共席：「幾」，萬曆本作「何」。

附陳先生和韻 輯自手録本

烹鯉問何如，東西苦索居。許論新得句，因積近來書。竹屋青苔遍，花溪野艇虚。定知乘興日，雲嶠晚晴舒。

宿洞虚宫童煉師房

高士時相見，孤軒水竹清。積陰秋暑净，倒景暮霞明。坐語俱忘醉，行吟且放情。向來酬俗倦，隱逸愧莊生。

八月十五日夜見月 予昔避難姑蘇，挈家舟居，丙申年也

故園今夜月，委照向誰明。桂院香應滿，蘭堂氣自清。遠離乘小艇，危坐泊重城。畫角吹愁思，依依報五更。

九月十五夜見月

故園今夜月，一望一悲傷。最愛光輝處，都為瓦礫場。乾坤猶戰伐，風露益淒涼。不意頭如雪，移家客异鄉。

舟次示浦塘

繫纜依東郭，茆茨假數椽。四無環堵守，一望水雲連。未愧篷

為户，偏宜檻近船。何時理歸棹，吟嘯楚江天。

午日

今日逢重午，他鄉嘆轉蓬。無家追令節，有淚洒長空。野艾傷心緑，江榴刺眼紅。群雛包角黍，聊足慰衰翁。

宿獨墅

獨墅三更月，孤舟萬慮人。東行聊慰意，北望總傷神。水闊烽烟遠，秋高黍稌新㈠。更憐魚菜美㈡，庶足奉慈親㈢。

【校記】

㈠秋高黍稌新：「黍稌」，萬曆本作「稌黍」。

㈡更憐魚菜美：「更」，萬曆本作「尚」。

㈢庶足奉慈親：「足」，萬曆本作「以」；「慈」，萬曆本作「吾」。

寄謝張飛卿

感激張徵士，荒村慰寂寥。携尊銷永日㈠，對榻語終宵。祗恨相逢少，寧辭徒步遥。一從君去後，門外草齊腰。

【校記】

㈠携尊銷永日：「尊」，萬曆本作「壺」。

至正庚子二月十日舟中作

寄迹如萍梗，漂流無定居。生涯付舟楫，隨意學樵漁。溪雨琉璃滑，山晴翡翠虛。春帆任所往，不必問吾廬。

梅村道中遇志學㈠

故里滄茫外，斯文解后中。村墟晴冉冉㈡，舟楫語匆匆。握手難為別，知心悵望同。遥憐懸憶處㈢，吟斷柳絲風。

【校記】

㈠題，萬曆本作「梅林遇吕志學」。

㈡村墟晴冉冉：「晴冉冉」，萬曆本作「情眷眷」。

㈢遙憐懸憶處：「遙」，萬曆本作「更」；「懸」，萬曆本作「相」。

示侄永㈠

白髮憐吾老㈡，紅顏見汝長㈢。江城留信宿，懷抱慰淒涼。剪燭聽春雨，傳杯憶故鄉。及時行孝弟，年少戒垂堂。

【校記】

㈠萬曆本題下有小注「永即觀也」。

㈡白髮憐吾老：「憐」，萬曆本作「嗟」。

㈢紅顏見汝長：「見」，萬曆本作「喜」。

登鹿頂山

雨濕春泥軟(一)，山高客興孤。振衣臨絶頂，拊掌看平湖(二)。塵霧空迷楚(三)，烟花直望吴(四)。乾坤萬里闊，不踐阮生途(五)。

【校記】

(一)雨濕春泥軟：「濕」，萬曆本作「細」。

(二)拊掌看平湖：「看」，萬曆本作「望」。

(三)塵霧空迷楚：「空」，萬曆本作「遥」。

(四)烟花直望吴：「望」，萬曆本作「過」。

(五)不踐阮生途：「踐」，萬曆本作「泣」。

宿蠡口

春風吹短棹，迤邐望歸程。楊柳溪邊戍(一)，旌旗野外城(二)。市橋人迹少，官路馬蹄平(三)。欲過東湖宿(四)，邊烽止夜行(五)。

【校記】

(一)楊柳溪邊戍：「楊柳」，萬曆本作「刁斗」。

(二)旌旗野外城：「城」，萬曆本作「營」。

(三)官路馬蹄平：「平」，萬曆本作「輕」。

(四)欲過東湖宿：「過」，萬曆本作「向」；「宿」，萬曆本作「去」。

(五)邊烽止夜行：「止」，萬曆本作「永」；「行」，萬曆本作「明」。

寄維久秀才

祇為索居久，遂令相見稀。知君讀書處，竟日掩柴扉。夜雨添溪漲，晴雲隔岸飛。應同二三子，歌咏舞春暉。

良沃田和尚以無居為憂戲贈解之(一)

本是孤飛鶴，飄飄無所拘(二)。未應忘我相(三)，猶解愛吾廬(四)。一葦堪浮海，千山可寄居(五)。但留衣鉢在(六)，處處是真如(七)。

【校記】

(一)題，隆慶本作「良沃田和尚以無居為憂賦此慰之」，萬曆本作「良沃田以無居為憂戲贈解之」。

㈡飄飄無所拘：「無」，萬曆本作「何」。

㈢未應忘我相：「未」，萬曆本作「已」。

㈣猶解愛吾廬：「解」，萬曆本作「復」。

㈤千山可寄居：「山可寄」，萬曆本作「巖足宴」。

㈥但留衣鉢在：「但」，萬曆本作「況」。

㈦處處是真如：「處處」，萬曆本作「着處」。

晨過同里法喜寺㈠

九里湖邊寺，參差樓閣重。空林初落月，深殿已聞鍾。門繞溪流静㈡，橋分野色濃。暫來生逸興，無計削塵踪。

【校記】

㈠題，隆慶本作「晨過法喜寺」，萬曆本作「過同里法喜寺」。

㈡門繞溪流静：「繞」，萬曆本作「掩」。

過仲肅梅里田舍

田舍空村底，南風暑氣微。山青雲度影，地白草生輝。自種秋瓜熟，相逢好客稀。開襟留坐晚，月上與同歸。

觀田舍壁間螟蛉營壘

蜾蠃乃微物，經營何太勤。誰憐身獨苦，但見子成群。抱土飛飛急，封房個個分。性靈人最异，安可廢耕耘。

聞族間諸弟争田有感而賦此(一)

吾族凋零久，亂離餘幾人。不才真可棄，於誼轉須親(二)。煮豆情何切，撾身苦自嗔。勗哉千古意，天地可回春(三)。

【校記】

(一)題，萬曆本作「聞諸弟争田作詩以勸」。

(二)於誼轉須親：「轉」，萬曆本作「固」。

(三)天地可回春：「可」，萬曆本作「尚」。

癸卯歸梅里草堂中秋對月追和前韻二首

故園今夜月，撫事總堪傷。滿眼蒿萊地，前時錦繡場。清輝欺酒薄，灝氣襲衣凉。想像華堂夕，笙歌入醉鄉。

故園今夜月，不減昔時明。未見干戈偃，先瞻宇宙清。尊罍臨曠野，鼓角動邊城。栖息知非穩，鄉閭自有情。

和元翬韻

知君為客久，幾見草枯榮。兩鬢秋容老，孤吟夜氣清。鄰雞啼落月，城柝報殘更。應是相思切，題詩寄遠情。

十二月二日舟中值雷雨

嚴冬行夏令，霹靂震寒雲。誤起龍蛇蟄，驚翻鴻雁群。扁舟依野岸，急雨卷江濆。造化何差舛，愁吟到夜分。

舟出東郭(一)

急雨催春暮，移舟趁晚晴(二)。野花紅自落(三)，汀草緑初生。茆屋家家小，溪流岸岸平。桃源如在眼，吟斷不勝情(四)。

【校記】

(一)題，萬曆本作「舟次東郭」。

(二)移舟趁晚晴：「趁」，萬曆本作「值」。

㈢野花紅自落：「自」，萬曆本作「半」。

㈣吟斷不勝情，萬曆本作「准擬托謀生」。

和江省郎春雪詩韻簡元翬

向日霏霏薄，隨風冉冉多。寒梅爭綽約，細柳怯婆娑。國士顔如玉，薇郎鬢未皤。一時清賞罷，雅咏若能過。

次韻唐彦博山長㈠

從游兵燹後，吟眺總傷神。本是清修士，翻為飄泊人㈡。時危官獨冷，道裕物皆春。不用嗟離别，終期王翰鄰。

【校記】

㈠題，萬曆本作「次韵答唐山長」。

㈡翻為飄泊人：「飄泊」，萬曆本作「汗漫」。

附唐彥博山長送華彥清還長洲詩原韵 辑自《華氏宗谱》。唐山長，名溥，字彥博

同是天涯客，分襟倍慘神。歸尋芳草渡，欲見故鄉人。細雨江帆暮，長洲□□春。上卿頒鶴料，應惠白鷗鄰。

次韵答陸先生㈠ 子善

苦憶陸夫子，從游琴水涯。依依欣有托，戀戀惜無家。交友論三益，看書過五車。何時肯相顧，共語白鷗沙。

【校記】

(一)題，萬曆本作「次韻陸子善」，隆慶本、萬曆本皆無題下小注。

附陸先生送華彥清還長洲詩原韻 辑自《華氏宗谱》。陸先生，名景元，字子善

栖碧華徵士，何來東海涯。經年常作客，辟地數移家。囊澀惟藏畫，書多只借車。明朝有新句，莫惜寄南沙。

次繆士遠韵(一)

淮海相逢日，梅花白雪前。笑談珠落唾，懷抱玉生烟。酌酒春風外，圍棋夜月邊(二)。别來無限意，西望思悠然。

【校記】

(一)題，萬曆本作「次韵答繆生」。

(二)圍棋夜月邊：「月」，萬曆本作「雨」。

附繆士遠送華彦清還長洲原韵 辑自《華氏宗谱》。繆先生，名行，字士遠

迢遞歸心切，孤舟白鳥前。江鄉梅子雨，官渡柳梢烟。舊業荆榛底，新耕島嶼邊。每憐鄉土异，羈思欲潸然。

送人上京

江口正潮生，樓船欲上京。留連乘月去，長嘯順風行。虎踞江山險，龍飛宇宙清。觀光今盛事，何必慘離情。

耳聾

六十白頭翁，年來怪耳聾。臥驚雷滿枕㈠，坐覺樹多風。苦厭鳴千籟，空歌達四聰。客來陪雅語㈡，俯首問兒童。

【校記】

㈠臥驚雷滿枕：「滿」，萬曆本作「殷」。

㈡客來陪雅語：「雅」，萬曆本作「笑」。

久雨

慘慘江村暮，蕭蕭風雨寒。老天渾似泣，厚土豈能乾。龍蟄雲潭涼，鯨翻海浪寬。不關懷抱惡，殊畏世途難。

日色纔臨地，雲容又滿天。柴門泥汩汩，花徑水濺濺。愁極清宵坐，吟餘白晝眠。願時調玉燭，歡舞頌虞絃。

細雨不成雪，空催白髮添。隨風朝淅瀝，蔽月夜廉纖。野菜春芽茁，江梅冷蘂粘。老懷迷出處，終日倚茆檐。

雨聲檐外落，鄉夢枕前回。只訝空階破，翻愁弊屋摧。丘園深自惜，襟抱鬱難開。尚作殊方客，生涯安在哉。

江雨灑還稀，江雲濕更低。不愁吴水闊，惟恨楚山迷。野鶴思高舉，林鳥慕穩栖。漸看晴景好，可得溷塗泥。

訪高啓文先生(一)

移棹尋蘭若，敲門謁故人。空林初入夜，虛室藹生春。玉粒香炊軟，金虀饌簇新(二)。未應真掃迹，來往莫嫌頻。

【校記】

㈠題，萬曆本作「訪高啓文」。

㈡金虀饌簇新：「饌簇」，萬曆本作「簇饌」。

為陶彦弘賦養浩齋㈠

弘也何充擴，軒題養浩名。本無軒冕志㈡，能達聖賢情。玉樹春暉暖，冰壺霽月明。慎言毋失餒，萬彙自生成。

【校記】

㈠題，萬曆本作「養浩齊為陶彦弘賦」。

㈡本無軒冕志：「軒冕志」，萬曆本作「功利念」。

張侯圮贈橘花

溪南張處士，折贈橘花新。婉婉白如雪，紛紛香襲人。金苞懸待臘，玉液釀餘春。信彼風霜實，真成席上珍。

瓶中榴花

為愛紅榴好，折來三兩葩。蹙巾渾似火，落几不成霞(一)。半插膽瓶淺，微涵硯沼斜。晚窗吟絕處，錯認是丹砂。

【校記】

(一)落几不成霞：「落几不」，萬曆本作「映目爛」。

題任月山畫馬㈠

天馬從龍去，空遺粉墨看。披雲五花白，蹴雪四蹄寒。逸氣何深隱㈡，良材有急難。苦心任水部㈢，直欲比曹韓。

【校記】

㈠題，萬曆本作「任月山畫馬」。

㈡逸氣何深隱：「隱」，萬曆本作「穩」。

㈢苦心任水部：「部」，萬曆本作「監」。

又和雲林詩畫

江上千疊山，雲間百尺樓。岧嶢入泰華，彷彿凌蓬丘。月照箕篬谷，風生杜若洲。詩成發長嘯，意氣横高秋。

泊陳湖

繫纜陳湖口，茆檐野趣多。薔薇紅映日㈠，楊柳緑翻波㈡。漁網依時集，農田着處歌。地偏苛政少，其樂更如何。

【校記】

㈠薔薇紅映日：「映」，萬曆本作「炫」。

㈡楊柳緑翻波：「翻」，萬曆本作「涵」。

寄陸天游㈠

江漢秋容静(二)，鄉山入夢頻。乍驚烏繞樹，又睹雁來賓。笑咏嗤狂老，飄零托故人(三)。不知忙底事，一别動兼旬。

【校記】

(一)題，萬曆本作「寄天游」。

(二)江漢秋容静：「容静」，萬曆本作「風起」。

(三)飄零托故人：「托」，萬曆本作「憶」。

用前韵再寄天游

應念萍蓬久，徐移杖屨頻。飄飄騎鶴侣，瀟洒换鵝賓。交契論三益，斯文數幾人。旅窗殊寂寞，相問莫過旬。

寄金文壽陶彦承三首

危坐看修竹，孤吟每憶君。暫時來一見，經月去無聞。白髮鷗同侶㈠，青霄鶴异群。臨風時引領㈡，情逐渡江雲。

安穩金夫子，諸生苦琢磨。江鄉秋暑少，燈火夜凉多。浩氣衝牛斗，幽懷想薜蘿㈢。草堂棋局静，乘興即相過。

寄語陶徵士，新詩久不來。夢魂徒自想，懷抱共誰開。李杜雲霄志，陰何綺麗才。幾時同嘯咏，為我薙蒿萊。

【校記】

㈠白髮鷗同侶：「白髮」，萬曆本作「碧水」。

㈡臨風時引領：「時」，萬曆本作「頻」。

㈢幽懷想薜蘿：「想」，萬曆本作「入」。

用前韻重答文壽彦承四首

每誦題來句，飄然宛見君。雅吟仙子語，寧許俗人聞。鶴唳誰同韵，朋摶若與群。樓臺非五鳳，華采奪春雲。

兔穎已生花，龍泉久拂磨。鸞飛雲霧卷，虹貫斗牛多。勳業趨青瑣，栖遲棄緑蘿。天高秋翮健，九萬寺閑過。

秋思難為客，可人期不來。相看菊蘂綻，始見桂花開。李白千鍾量，陳思七步才。習池多宴會，何啻醉蓬萊。

江村憐獨坐，舟楫喜頻來。俗慮苦相促，好懷殊未開。討論欣有得，酬酢嘆無才。每怪歸心急，高堂望老萊。

答陶景文仍用前韻(一)彥弘之兄也

澤國多文采，風流獨數君。琴書元自樂，聲迹久相聞。況是鵷鴻侶，寧同燕雀群。野人搔白首，空望碧霄雲。

愛詩慚鈍拙，有礪苦為磨。披挹清芬久，驅除鄙塞多。近聞親藥物，高臥看雲蘿。㈠何日南溪上，重聽輟棹過。

昔日勞車馬，從容為我來。報懷殊有怠，離緒未嘗開。見説謀深隱，從游愧不才。鹿門纔只尺，何必上蓬萊。

【校記】

㈠題，隆慶本、萬曆本皆作「答陶景文」，題下皆無小注。

文壽來訪用韵以謝之

一別四十日，今朝喜對君。襟懷傾向盡，歌咏愜初聞。洛浦珠生暈，藍田玉不群。為論新製作，皓月破秋雲。

詩罷尋棋局，楸枰自拭磨。雲飛風勢急，窗響雹聲多。幽徑依松菊，虛檐罥蔦蘿。斧柯知未爛，不覺夕陽過。

别去已思渴，幾時期復來。相將仙棹舉，三五月華開。棋憶縱横勢，詩憐俊逸才。自鋤幽竹逵，旦夕掃荒萊。

黄楊(一)

只尺黄楊樹，婆娑枝幹重。葉深團翡翠，根淺踞虬龍(二)。歲歷風霜久，時沾雨露濃。未應逢閏厄，堅質比寒松。

【校記】

㈠萬曆本此題前有「養浩齋雜咏」之總名，凡「黄楊」、「錦葵」、「雞冠」、「雁來紅」、「芭蕉」、「叢竹」六首。

㈡根淺踞虬龍：「淺」，萬曆本作「古」。

錦葵

莫道莪葵小，花開亦可憐。層層霞散彩，個個錦為鈿。不上金釵側，常依綺戶邊。化工同刺繡，無有一毫偏。

雞冠

五德文為貴，幽芳浪得名。絳葩冠幘重，綠葉羽毛輕。向日將飛舞，昂風若鬭争。曉窗殘月下，三唱寂無聲。

雁來紅

百草將衰歇，斕斑葉似花。數聲雲過雁，一片錦成霞。翠羽黏猩血，丹砂煉日華。誰將九秋色㈠，附足寄天涯㈡。

【校記】

㈠誰將九秋色：「誰」，萬曆本作「還」。

㈡附足寄天涯：「寄」，萬曆本作「遍」。

芭蕉

可愛芭蕉葉，初抽卷碧書。漸看雲掩冉(一)，徐聽雨蕭疏。綺席陰移晚，湘簾色映虛。客來題錦字，莫待曉霜餘。

【校記】

(一)漸看雲掩冉：「漸看雲」，萬曆本作「乍驚風」。

叢竹

移得渭川種(一)，栽成屋外林(二)。未遮全浦暗(三)，已作半溪陰。倚月疑鸞舞，聆風想鳳吟(四)。試看春雨後，滿地玉森森。

【校記】

(一)移得渭川種：「種」，萬曆本作「竹」。
(二)栽成屋外林：「成」，萬曆本作「為」。
(三)未遮全浦暗：「遮全浦暗」，萬曆本作「成三徑杳」。
(四)聆風想鳳吟：「吟」，澹生堂本作「吟」。

又題陸氏耕隱卷(一)

屏迹躬南畝，殷勤為養親。行歌農耒晚，歸舞彩衣春。菌閣青山近，柴門緑水新。玄纁不肯就，甘作太平民。

【校記】

(一)題，隆慶本作「題陸氏耕隱卷」，萬曆本作「題耕隱卷」。

中秋憶大子完韡

對月憐衰影，憂兒值遠方㈠。淚懸千里目，情結九回腸。緑髮愁應改，紅顔夢不忘。幾時携彩袖，相與話凄凉。

【校記】

㈠憂兒值遠方：「值」，萬曆本作「滯」。

七夕戲呈陳先生悼亡㈠

織女度河秋，文園生暮愁。雙鴛初失偶，孤鳳若為儔。有藥誰能晒，看書子解收。無端虛幌月，空照曝衣樓。

【校記】

㈠題，隆慶本、萬曆本皆作「七夕戲為子平先生悼亡」。

久旱寄叔方先生㈠

田野憂無雨，絃歌穩閉門。不知河水斷，惟覺硯池温。客路塵猶霧，江城井亦渾。有懷仍更渴，悄悄欲誰論。

旱久無消息，詩成待寄君。夜凉天欲雨，石潤海生雲。楚水白相接，吴山緑共分。此時歡不盡，急洒墨紛紛。

【校記】

㈠題，澹生堂本作「久旱寄叔方先生二首」。

次韵海虞朱太守焕章餞行詩韵海虞即常熟也。諸公餞行并同作凡二十四首，皆和韵云

解組歸來後，柴門只返關。琴書仍自適，鄉國未應還。為政清如水，交情重若山。不才相見晚，深愧鬢毛班。

附朱太守餞行詩原韵辑自《華氏宗谱》。朱太守，名熙，字焕章

携書尋舊隱，泛月到柴關。已遂歸田去，何須衣錦還。古梅宜近水，修竹合依山。擾擾閑花草，東風滿地班。

奉題東湖叔泛月詩卷(一)

皓月澄秋水，涼風散夕陰。庾樓移席迥，袁渚泛舟深。湖海千

年夢(二)，山河萬古心。一時清興集，惆悵古猶今(三)。

【校記】

(一)題，萬曆本作「奉題東湖泛月詩卷」。

(二)湖海千年夢：「湖海」，萬曆本作「海鶴」。

(三)惆悵古猶今：「惆悵古」，萬曆本作「俯仰昔」。

庚戌歲周溪和雲林詩畫(一)

昔從九龍隱，來住百花莊。江上春樹碧，山中秋草黄。放情揮翰墨，習靜愛林塘。莫道成樗散，終期作棟梁。

【校記】

㈠題，隆慶本作「和雲林題畫」，萬曆本作「和雲林畫」。

題秋江送別圖㈠

送客滄江曲，其如別意何。疏林秋日薄㈡，遠岫暮雲多。盡飲離筵酒㈢，何煩鼓枻歌㈣。相思明月夜，浩蕩隔烟波。

【校記】

㈠題，萬曆本作「秋江送別圖」。

㈡疏林秋日薄：「薄」，萬曆本作「澹」。

㈢盡飲離筵酒：「飲」，萬曆本作「醉」；「筵」，萬曆本作「亭」。

㈣何煩鼓枻歌：「何」，萬曆本作「無」。

黄楊集卷一终

黃楊集卷二

無錫華幼武彥清著
二十八世孫 仲厚
叔和 重編
季平
趙承中 點校
華人德 審訂

五言排律

秋旱二十韻 至正十一年中秋後作(一)

江南禾黍地，秋旱最傷農。辛苦無餘日，收藏待禦冬。連城期歲稔，八月值年凶。乾穗含風弱，枯根望雨濃㈡。黄埃飛厚土，赤日駐危峰㈢。水落三千丈，天高一萬重。虹霓空散彩，雷電杳無踪。車水兒争餔，篓天莛扣鍾。溪行那曲折㈣，井汲异舂容㈤。衆舉豚壺祝，神徼土梗封。桑林尊亳祀㈥，雩禜肅周宗㈦。置社心徒切，鞭巫事豈恭。憑誰驅旱魃，着處起乖龍㈧。晝卷滄溟瀉，翻聆大壑淙。凉恩來冉冉㈨，焱赫掃爞爞。倚杖看雲穫，停歌聽野舂。黄雞烹婠妠㈩，緑蟻釀醇醲。净洗鸕鷀杓，徐澆芥蔕胸。海隅清盗賊，官府削租庸㈩一。遐邇歡相慶，豐登此屢逢㈩二。

【校記】

㈠澹生堂本題下小注作「中秋後作」，萬曆本無小注。

㈡枯根望雨濃：「望」，萬曆本作「憶」。

㈢赤日駐危峰：「駐」，萬曆本作「晅」。

㈣溪行那曲折：「那曲折」，萬曆本作「忘揭厲」。

㈤井汲异春容：「异春容」，萬曆本作「鶩奔衝」。

㈥桑林尊亳祀：「尊」，萬曆本作「虛」。

㈦雩禜肅周宗：「肅」，萬曆本作「邈」。

㈧着處起乖龍：「乖」，萬曆本作「潛」。

㈨涼恩來冉冉：「涼恩」，萬曆本作「清涼」。

㈩黃雞烹婠妠：「婠妠」，萬曆本為「墨釘」。

㈩官府削租庸：「府削」，萬曆本作「賦薄」。

㈡豐登此屢逢：「此」，萬曆本作「歲」。

伯父自軍前歸親戚燕集得厠座末喜呈三十韵

兼簡安禮君澤二文友㈠

伯丈吾宗長㈡，年華近七旬。鬢鬚渾似雪，顔面只如春。行輩尊耆壽，鄉閭慕善人。曾承丹闕詔，為管涿州民㈢。陶令空資秫，張公竟憶蓴。杜門惟養拙，甘分不憂貧。静適琴書趣，幽栖水竹濱。園池無獨樂，魚鳥亦相親㈣。自是仁風厚，能令末俗淳㈤。功名非昨夢，官府豈謀身㈥。賊盗縱横起，軍需晝夜頻。江南餘尺地，日給動千緡。決戰求英妙(七)，驅馳及老臣。江船驚嶮惡(八)，驛騎走嶙峋。行路多生棘，回風轉暗塵(九)。力能忘倦苦，心敢露酸辛(十)。直謁元戎語，徐將利器陳。日星爭閃爍，士卒聳精神(十一)。便領千金諾，何煩五令申。告辭侔贈策(十二)，失喜問歸津(十三)。水闊吴山近(十四)，烟分楚樹真(十五)。鳴珂還故里，伐鼓燕佳賓。藥術醫中相(十六)，儒冠席上珍。枌榆聯舊戚，冰玉配佳姻(十七)。義篤憐猶子，恩加异等倫。狂吟從坦率，爛飲盡清醇。舞袖齊誇善(十八)，行杯不計巡。興豪酬酢亂(十九)，情洽笑歌匀。昔别憂何切，兹歡志少伸(二十)。竹林容小阮，稱頌倚莊椿(廿一)。

【校記】

(一)題，萬曆本作「伯父歸自軍前親戚宴集得厠坐末喜呈三十韵兼簡臧安禮姜君澤」。

(二)伯丈吾宗長：「丈」，澹生堂本、萬曆本皆作「父」。

(三)為管涿州民：「為管」，萬曆本作「臥護」。

(四)魚鳥亦相親：「魚」，萬曆本作「鷗」。

(五)能令末俗淳：「末俗」，萬曆本作「俗化」。

(六)官府豈謀身：「官府」，萬曆本作「利禄」。

(七)决戰求英妙：「决戰」，萬曆本作「戰伐」；「妙」，萬曆本作「略」。

(八)江船驚嶮惡：「江船」，萬曆本作「舳艫」。

(九)回風轉暗塵：「回」，萬曆本作「悲」。

(十)心敢露酸辛：「露」，萬曆本作「憚」。

(十一)士卒聳精神：「聳」，萬曆本作「倍」。

(十二)告辭侔贈策：「侔」，萬曆本作「争」。

(十三)失喜問歸津：「歸」，萬曆本作「通」。

(十四)水闊吴山近：「闊」，萬曆本作「落」。

(十五)烟分楚樹真：「分」，萬曆本作「消」；「真」，萬曆本作「新」。

(十六)藥術醫中相：「藥」，萬曆本作「相」；「醫」，萬曆本作「囊」；「相」，萬曆本作「藥」。

(十七)冰玉配佳姻：「配」，萬曆本作「儷」。

(十八)舞袖齊誇善：「善」，萬曆本作「妙」。

(十九)興豪酬酢亂：「亂」，萬曆本作「快」。

(二十)兹歡志少伸：「少」，萬曆本作「可」。

(廿一)稱頌倚莊椿：「稱頌倚莊」，萬曆本作「獻壽祝靈」。

過常州登玄妙觀新閣(一)十四韵

新閣烟塵表(二)，空檐鸛鶴音。天虚雲只尺(三)，日薄氣蕭森。暫豁幽人眼，翻憂曠士心。官河環委帶，故壘蝕遺簪(四)。躍馬聞投箠(五)，孤城尚比金(六)。睢陽人飲血(七)，垓下淚沾襟(八)。勇略知何在(九)，凄凉感至今。丘園留瓦礫(十)，第宅接烟林(十一)。午市人纔合，春風草更深(十二)。憑欄歸縹緲(十三)，抵掌豁登臨(十四)。水闊今朝雨，雲晴向晚岑(十五)。野花紅冉冉，汀樹緑陰陰。萬物迷長望(十六)，孤懷寄短吟。肯將行役苦(十七)，容易二毛侵。

【校記】

(一)題，萬曆本作「登常州玄妙觀新閣十四韵」，題下無小注。

(二)新閣烟塵表：「新」，萬曆本作「飛」；「塵」，萬曆本作「霞」。

(三)天虛雲只尺：「虛」，萬曆本作「垂」；「只尺」，萬曆本作「飄緲」。

(四)故壘蝕遺簪：「故」，萬曆本作「戍」；「蝕遺簪」，萬曆本作「矗嶔崟」。

(五)躍馬聞投箠：萬曆本作「蒸土門成鐵」。

㈥孤城尚比金：「孤城尚比」，萬曆本作「崇臺埒映」。
㈦睢陽人飲血：「人」，萬曆本作「空」。
㈧垓下淚沾襟：「下淚」，萬曆本作「帳竟」。
㈨勇略知何在：「勇」，萬曆本作「霸」。
㈩丘園留瓦礫：「留」，萬曆本作「餘」。
⑪第宅接烟林：「第宅接」，萬曆本作「阡陌蔽」。
⑫春風草更深：「風」，萬曆本作「堤」；「更」，萬曆本作「自」。
⑬憑欄歸縹緲：萬曆本作「杜陵多逸興」。
⑭抵掌豁登臨：「抵掌豁」，萬曆本作「王粲惜」。
⑮雲晴向晚岑：「晴」，萬曆本作「收」。

(十六)萬物迷長望：「迷長望」，萬曆本作「欣生意」。

(十七)肯將行役苦：「肯將」，萬曆本作「莫言」。

附元陳方華彥清登常州玄妙閣有詩同韵 輯自清顧光旭《梁溪詩鈔》卷五十四

地接三吴口，人操衆楚音。樹迷晴漠漠，花亂夕沉沉。碧是當年血，春非往日心。翻思當矢石，猶暇惜冠簪。丞相戈如雪，將軍志比金。倉皇驚破竹，踴躍念披襟。壞堞仍存舊，高標獨峙今。星河垂綺戶，雲霧出琪林。鳥去蒼茫闊，帆歸迤邐深。諸天欣共賞，勝地肅同臨。突兀雄連棟，依微隔遠岑。紫霄停廣樂，白日閟層陰。倒影何多美，空歌試一吟。悠悠江海興，冉冉市塵侵。

上伯父壽八十(一)正旦日

鳳曆頒新歲，椒盤喜頌春(二)。我翁登八十(三)，南極見星辰。薦履三陽泰(四)，由來五福臻(五)。酡顏温似玉，華髮□如銀(六)。鑠商山老，優游太古民。身强知德□(七)，心樂任天真(八)。宗黨親無間(九)，鄉閭俗化淳(十)。正須安晚節(十一)，豈為避風塵(十二)。故國隳先業(十三)，他鄉托隱淪。吴花供滫髓，燕玉暖精神。耆壽尊仁者(十四)，神天相吉人(十五)。祥雲飛旅幕(十六)，瑞靄接芳裀(十七)。香暖蟠桃熟(十八)，花明列炬新(十九)。綺羅喧後擁(二十)，絲管雜前陳。曲引陽春調，杯行瑞露珍(廿一)。蘭蓀聯舞袖(廿二)，冰玉會佳賓(廿三)。蔓衍枌榆密，恩沾棣萼匀(廿四)。滿堂春靄靄，列座氣誾誾(廿五)。匍匐憐孤侄(廿六)，蹉跎忝六旬(廿七)。幼從詩禮訓，老逐杖藜頻(廿八)。眷顧情何厚，艱虞意轉親(廿九)。寸心寧敢忘，百拜豈辭辛。願睹消兵甲，歸歌洽社鄰。竹林從此會(三十)，千載倚莊椿。

【校記】

(一)題，萬曆本作「上伯父壽八十二四韵」，題下無小注。

(二)椒盤喜頌春：「喜」，萬曆本作「已」。

(三)我翁登八十：「我翁登」，萬曆本作「昌年垂」。

(四)薦履三陽泰：「薦履」，萬曆本作「浩浩」。

(五)由來五福臻：「由來」，萬曆本作「穰穰」。

(六)華髮□如銀：「□」，萬曆本作「皓」。

(七)身强知德□：「身强」，萬曆本作「體胖」；「□」，萬曆本作「裕」。

(八)心樂任天真：「任」，萬曆本作「見」。

(九)宗黨親無間：「黨」，萬曆本作「族」。

(十)鄉閭俗化淳：「俗化」，萬曆本作「化以」。

(十一)正須安晚節：「正須安」，萬曆本作「深期甘」。

(十二)豈為避風塵：「豈」，萬曆本作「寧」。

(十三)故國隳先業：「國」，萬曆本作「里」；「先」，萬曆本作「前」。

(十四)耆壽尊仁者：「尊」，萬曆本作「熙」。

(十五)神天相吉人：「神」，萬曆本作「皇」。

(十六)祥雲飛旅幕：「祥」，萬曆本作「彩」。

(十七)瑞靄接芳裀：「接」，萬曆本作「達」。

(十八)香暖蟠桃熟：「暖」，萬曆本作「滿」。

(十九)花明列炬新：「花」，萬曆本作「窗」。

(二十)綺羅喧後擁：「喧」，萬曆本作「紛」。

(廿一)杯行瑞露珍：「杯行」，萬曆本作「盤移」；「露」，萬曆本作「味」。

(廿二)蘭蓀聯舞袖：「舞袖」，萬曆本作「砌玉」。

(廿三)冰玉會佳賓：「冰玉」，萬曆本作「簪芾」。

(廿四)恩沾棣蕚匀：「恩沾」，萬曆本作「光華」。

(廿五) 列座氣誾誾：「氣」，萬曆本作「話」。

(廿六) 匍匐憐孤侄：「孤」，萬曆本作「衰」。

(廿七) 蹉跎忝六旬：「忝」，萬曆本作「迨」。

(廿八) 老逐杖藜頻：「逐」，萬曆本作「視」。

(廿九) 艱虞意轉親：「虞」，萬曆本作「危」。

(三十) 竹林從此會：「竹林」，萬曆本作「矢言」。

和賀生韵

淮海烽烟日，東吴草木春。耕桑仍不廢，戰伐亦何頻。賢宰心惟切，疲民力漸攷。鄉閭空瓦礫，城郭暗邊塵。石老慚為富，盧生寤欠伸。孤舟傷局促，十載抱酸辛。校計徒三窟，全家有幾人。潛魚依密藻，寒雀聚叢筠。豈比楊雄宅，常思孟母鄰。素琴時自撫，黄卷目相親。僅竊陶翁樂，寧辭陋巷貧。經綸非我用，孝弟為兒申。交友霜凋葉，姻親星散晨。异鄉欣解后，夙契肯逡巡。既得簡編趣，期為廊廟珍。令名知賀監，佳句識蘇麟。大道嗟浮海，窮途許問津。捷音傳薊北，喜色動天垠。恢復英雄在，中興事業真。風雲看際會，幽蟄起潛鱗。

題王仲和隱者瑞橙軒十二韵(一)

庭下襄橙樹，吴中第一株。覆檐如偃盖，垂實訝懸壺。雨露恩殊衆(二)，風霜色更腴。金苞承緑褥(三)，翠羽合驪珠。磊落星相似，光輝月不孤。香清柑作使(四)，器重橘為奴(五)。自是栽培得，緣從造化扶。摘鮮那敢侮，呈瑞豈云誣。華采穿林表(六)，芳名揭坐隅。百年同愛惜，終日自怡愉。上客争先賞，衰翁愧後趨。纍纍看歲晚，匍匐醉醍醐(七)。

【校記】

(一)題，萬曆本作「題王仲和瑞橙軒十二韵」。

(二)雨露恩殊衆：「衆」，萬曆本作「重」。

(三)金苞承緑褥：「苞」，萬曆本作「芭」。

㈣香清柑作使：「清」，萬曆本作「濃」。
㈤器重橘為奴：「器」，萬曆本作「價」。
㈥華采穿林表：「穿」，萬曆本作「瞻」。
㈦酮酮醉醍醐：「酮酮醉」，萬曆本作「滋味軼」。

題漁樵友詩卷㈠

愛汝漁樵友，殷勤為養親。躡雲分玉笋，涉水躍金鱗㈡。盤薄九峰晚㈢，徘徊三泖春。泝流歌欸乃㈣，掃石憩嶙峋㈤。松葉迷行徑，桃花引去津。衣沾空翠濕㈥，棹轉露華新㈦。富貴非吾願，行藏任我真。客星徒有象㈧，棋局誤歸人㈨。東海投竿遠，高堂噬指頻。得鮮留具饌，拾朽奉炊薪。戀戀懷甘旨，遥遥忘苦辛(十)。承顔須盡禮，樂道不憂貧(十一)。喜見承平日(十二)，從為孝弟民(十三)。安豐行義子，千載得芳鄰。

【校記】

(一)題，萬曆本作「題漁樵友詩卷十二韵」。

(二)涉水躍金鱗：「涉」，萬曆本作「釣」；「躍」，萬曆本作「出」。

(三)盤薄九峰晚：「盤薄」，萬曆本作「磅礴」。

(四)泝流歌欸乃：「泝流」，萬曆本作「扣絃」。

(五)掃石憩嶙峋：「掃」，萬曆本作「穿」；「憩嶙峋」，萬曆本作「步逡巡」。

㈥衣沾空翠濕：「濕」，萬曆本作「滑」。

㈦棹轉露華新：「棹轉露」，萬曆本作「激浪珠」。

㈧客星徒有象：「徒」，萬曆本作「元」。

㈨棋局誤歸人：「誤歸人」，萬曆本作「漫通神」。

㈩萬曆本脱「得鮮」至「苦辛」四句。

⑪樂道不憂貧：「樂道」，萬曆本作「養志」。

⑫喜見承平日：「喜」，萬曆本作「已」。

⑬從為孝弟民：「從為」，萬曆本作「還瞻」。

和文壽咏雪白戰體韵㈠ 三十韵

朔風吹水急(二)，稷雪遍空飛。密洒兼寒雨(三)，輕颸帶夕霏。亂封栖鳥樹(四)，乾沒釣魚磯。厚地蝗消孽(五)，空山獸斂威。輕盈欺越女(六)，浩漫迷湘妃(七)。為掩梅腮瘦(八)，仍培麥本肥(九)。巧嫌花造次，峻却柳依稀。鶴氅乘仙去(十)，漁舟滿載歸(十一)。黄增橘柚重(十二)，青露菜苗微(十三)。遠水明相接，懸崖險益巍。松擎欹絕壁，竹壓覆迴碕(十四)。塞碉泉流澀，侵堦草變菲。烏啼無奈冷，雀啄不充饑(十五)。積厚藏茆屋(十六)，穿斜透棘扉。樵翁愁着屐(十七)，閨婦憶征衣(十八)。陰魄從何匿(十九)，陽駒若為鞿(二十)。歡聲興野頌，喜氣感皇闈(廿一)。凍閣才人筆，工停織女機。滌炎勞夏想，符瑞罷春祈(廿二)。映讀親窗牖(廿三)，潛聽坐枕幃(廿四)。鴟蹲鵰鶚困，蜎縮馬牛腓。綺席争清賞，華堂耀素輝(廿五)。烹茶嗔軟語(廿六)，授簡遑高揮(廿七)。金縷低聲按，瑶姬夾座依。自然春滿室，何用燭成圍。以醉酬佳景，奚煩怨落暉。正愁雲久翳(廿八)，殊喜日初晞。天地分清濁，江山别是非。時晴真可快，心領勿相違。衰老慚疏拙，長吟免誚譏。

【校記】

(一)題，萬曆本作「次韵文壽咏雪」，題下無小注。

(二)朔風吹水急：「水急」，萬曆本作「地白」。

(三)密洒兼寒雨：「密」，萬曆本作「急」。

(四)亂封栖鳥樹：「亂」，萬曆本作「密」。

(五)厚地蝗消孽：「厚地」，萬曆本作「沃壤」。

(六)輕盈欺越女：「輕」，萬曆本作「盈」。

(七)浩漫迷湘妃：「漫迷」，萬曆本作「浩失」。

(八)為掩梅腮瘦：「為」，萬曆本作「乍」。

(九)仍培麥本肥：「仍」，萬曆本作「深」。

(十)鶴氅乘仙去：「乘仙」，萬曆本作「仙乃」。

(十一)漁舟滿載歸：「滿載」，萬曆本作「載獨」。

(十二)黃增橘柚重：「增」，萬曆本作「埋」；「柚」，萬曆本作「顆」。

(十三)青露菜苗微：「露」，萬曆本作「壓」；「苗」，萬曆本作「芽」。

(十四)竹壓覆迴碕：「壓」，萬曆本作「折」。

(十五)雀啄不充饑：「不」，萬曆本作「豈」。

(十六)積厚藏茆屋：「藏」，萬曆本作「低」。

(十七)樵翁愁着屐：「翁」，萬曆本作「夫」；「着」，萬曆本作「躡」。

(十八)閨婦憶征衣：「憶」，萬曆本作「念」。

(十九)陰魄從何匿：「陰魄」，萬曆本作「脫兔」；「匿」，萬曆本作「顧」。

(二十)陽駒若為䩭：「陽」，萬曆本作「隙」。

(廿一)喜氣感皇闈：「喜氣感」，萬曆本作「瑞色動」。

(廿二)符瑞罷春祈：「符瑞罷」，萬曆本作「佳兆卜」。

(廿三)映讀親窗牖：「親」，萬曆本作「宜」。

(廿四)潛聽坐枕幃：「坐」，萬曆本作「旁」。

(廿五)華堂耀素輝：「耀」，萬曆本作「耿」。

(廿六)烹茶嗔軟語：「嗔」，萬曆本作「便」。

(廿七)授簡逞高揮：「逞」，萬曆本作「發」。

(廿八)正愁雲久翳：「正」，萬曆本作「莫」。

古風

題劉翼之雲松巢(一)

天上多白雲，山上多青松。白雲在松間(二)，秀色開芙蓉(三)。縹緲神仙宅，仿佛蓬萊峰。松為戶牖密(四)，雲為簾幕重(五)。風起秋冉冉㈥，日照春溶溶㈦。繁陰駐長夏，靈響肅嚴冬。晨出露沾衣，夕歸月啓封。下地騎白鶴㈧，上天命青龍㈨。真游諒可憩㈩，俗狀詎能容。自顧敢争席，所願長相從。

【校記】

㈠題，萬曆本作「雲松巢」。

㈡白雲在松間：「在」，萬曆本作「出」。

㈢秀色開芙蓉：「開」，萬曆本作「如」。

㈣松為戶牖密：「為」，萬曆本作「垂」。

㈤雲為簾幕重：「為」，萬曆本作「擁」。

㈥風起秋冉冉：「冉冉」，萬曆本作「浩浩」。

(七)日照春溶溶：「照」，萬曆本作「臨」。

(八)下地騎白鶴：「下地騎」，萬曆本作「右駕旋」。

(九)上天命青龍：「上天」，萬曆本作「左驅」。

(十)真游諒可憩：「游」，萬曆本作「仙」；「可」，萬曆本作「攸」。

寓延陵送從弟侑赴京師(一)午年正月作

吾弟正年少，坎壈何相纏。省親適萬里，性命如絲懸。福州遭艱虞，一月不得眠。委身事官長，奔走草履穿。勤勞達帥府，府主幸見憐。置之郎掾間，玉樹臨清淵。指揮上京師，馳貢多錦韉。朝乘驛樓騎，暮宿公家船。別我荒城隅，情親意何專。

念汝攜幼弟，父母恩惓惓。家園苦零落，骨肉難棄捐。江雁影聯度，原鴒勢相先。身銜北塞雪，夢繞南閩烟。此行孝義激，豈為功名牽。明明堯舜君，廟堂俱大賢。秉心雪父耻，刻骨示神天。公程慎勿違，客路加勉旃。酤酒不復醉，日暮徒留連。寒梅未破蘂，春月當空圓。握手忍為别，再會知何年。物情戒失正，天理終好還。庭烏遂反哺，棣蕚增暉妍。

【校記】

㈠題，澹生堂本、隆慶本、萬曆本皆作「甲午春寓延陵送從弟侑赴京師」，題下無小注。

夜坐(一)

烈日不易度，清飆殊未來。煩襟結憂思，虛庭坐徘徊(二)。炎官爾何心？下土如焚柴。群生苦煎熬，天高難訴哀。入室足蚊蚋，開門多虎豺。膏血咂易盡，骨肉頃見摧。大小并誅求(三)，生涯安在哉！自愧鳥雀微(四)，潛身蒿與萊。仰望霄漢遠，無由設梯階。願天降霖雨，洗濯無餘埃。羽舞致苗格(五)，南薰阜民財(六)。明當逢此時，高歌寫幽懷(七)。

【校記】

(一)澹生堂本題下有小注「十二韵」。

(二)虛庭坐徘徊：「坐」，萬曆本作「且」。

㈢大小并誅求：「大小并」，萬曆本作「縣吏迫」。
㈣自愧鳥雀微：「自愧」，萬曆本作「愧此」。
㈤羽舞致苗格：「羽舞」，澹生堂本、萬曆本皆作「舞羽」。
㈥南薰阜民財：「南」，萬曆本作「歌」。
㈦高歌寫幽懷：「高歌」，萬曆本作「長吟」。

長廣溪漁翁頌吾祖之德感而成詩㈠ 三十六韵

移舟逐春水㈡，飄搖任所適。直泛長廣溪，冷然洗心迹㈢。前峰雨初收㈣，空翠若可挹。輕波弄晴景㈤，閃映湧金碧㈥。鷗鷺不驚飛，鳧鷖自浮沒。浩歌放中流，俯仰天地窄。顧我塵俗姿，何有山水癖。溪南見漁舍，茆茨半欹側。參差數株柳，清陰稍蒙羃。繫纜柳樹根，褰裳坐磻石(七)。漁翁在檐下(八)，怡愉好顏色(九)。問我從何來，言笑若舊識(十)。所居只尺地，三世無改易。昔者盜賊至，蘆葦避鋒鏑。今年八十餘，頗覺少筋力。長年生理處，繞舍菱芡實。南風吹荷花，清香滿吾室。窮冬不知寒，曝背向朝日(十一)。膝下有長男，夫婦亡疾疫。細女寡少年，守志奉朝夕。一孫與一甥，網罟供衣食。此心百不縈，棺具事已畢(十二)。我憶年少時，曾上君子宅。重門使人迷，似與塵境隔。近聞軍馬來(十三)，烽火成瓦礫。只有處士翁(十四)，四方頌遺德。元種君家田(十五)，往往受恩澤(十六)。斯人久亡歿(十七)，斯德猶記憶。常時語兒女，欲報意罔極。斂袂聞此言，惻尔重嘆息(十八)。人生塵世上(十九)，繁華竟何益(二十)。富貴榮一時，泯滅徒可惜(廿一)。何如養方寸，恩惠布民物(廿二)。流芳千載下(廿三)，子孫守為則(廿四)。我祖不可見，我心加慘慽(廿五)。回首故園春，潸然淚沾臆。

【校記】

(一)題，萬曆本作「長廣溪漁翁頌吾祖德感慕成詩」；隆慶本、萬曆本皆無題下小注。

(二)移舟逐春水：「逐」，萬曆本作「溯」。

(三)冷然洗心迹：「冷」，隆慶本、萬曆本皆作「泠」；「心」，萬曆本作「塵」。

㈣前峰雨初收：「收」，萬曆本作「竟」。

㈤輕波弄晴景：「弄」，萬曆本作「蕩」。

㈥閃映湧金碧：「閃映湧」，萬曆本作「洸瀁閃」。

㈦褰裳坐磻石：「磻」，萬曆本作「磐」。

㈧漁翁在檐下：「翁在檐下」，萬曆本作「父向我笑」。

㈨怡愉好顏色：「怡愉」，萬曆本作「愉悦」。

㈩言笑若舊識：「笑」，萬曆本作「語」。

⑪曝背向朝日：「朝」，萬曆本作「白」。

⑫棺具事已畢：「具事」，萬曆本作「木具」。

⑬近聞軍馬來：「軍」，萬曆本作「車」；「來」，萬曆本作「過」。

(十四)只有處士翁：「只有」，萬曆本作「尚念」。

(十五)元種君家田：「元」，萬曆本作「我」。

(十六)往往受恩澤：「恩」，萬曆本作「惠」。

(十七)斯人久亡歿：「亡」，萬曆本作「云」。

(十八)惻尔重嘆息：「重」，萬曆本作「潜」。

(十九)人生塵世上：「塵世上」，萬曆本作「宇宙内」。

(二十)繁華竟何益：「何」，萬曆本作「無」。

(廿一)泯滅徒可惜，萬曆本作「草露朝淅瀝」。

(廿二)恩惠布民物：「恩惠」，萬曆本作「仁愛」。

(廿三)流芳千載下：「千載下」，萬曆本作「施子孫」。

㈣子孫守為則：「子孫守為」，萬曆本作「百世仰憲」。

㈤我心加慘慽：「加」，萬曆本作「竟」。

摘瓜

秧疇新雨足，瓜畦亦滋蕃。步屧分蔓草，披襟理蘭蓀。鬱鬱大如斗，纍纍繫平原。青門雅相似，楚萍寧足論。洗刃剖寒玉，滌我心囂煩。萬物遂生成，當用培本根。本根一以固，枝實乃自繁。寄語摘瓜者，黄臺詩有言。

題陸某寄元暈詩畫

新詩遺明珠，清圖寫寒玉。二美從何來，天風墜茆屋。屋下有佳士，孤吟坐煩促。披圖誦新詩，翛然坐巖谷。瞻彼江上雲，飄飖謝羈束。夕影弄明月，朝光泛晴旭。念茲塵埃客，可望那可逐。願將緑綺琴，同歌紫芝曲。

答元翬夜坐見寄

遠客悲素秋，荒園坐清夜。仰看河漢傾，寒暑傷代謝。孤懷不成吟，煩襟自陶寫。浩歌涼露零，起舞月明下。吟成無所寄，寄向同心者。

次韵答黄敬之

不讀五車書，須提劍三尺。愧我兩無能，空嗟頭雪白。維時遭艱虞，烽火故鄉隔。寄栖東郭外，相逢多喜色。遂結仁里交，吟笑繼晨夕。何如返舊廬，遥遥望行舄。擬酌第二泉，九龍事非昔。毋艤子猷棹，喜折謝安屐。

上巳日舟中值雨㈠

篷上雨聲急，篷底酒初醒㈡。推篷看青山，雲氣接溟涬。溪傍數株花，殘紅亂飄隕㈢。傷心三春事，已逐流水盡。嗟哉六十翁㈣，短髮白垂領。干戈未安宅㈤，東西繫孤艇㈥。百年能幾何，無由駐遲景(七)。風流山陰會，千載迹不泯。愧我蓬蒿人，詩成徒自哂(八)。

【校記】

(一)題，萬曆本作「上巳舟中值雨」。

(二)篷底酒初醒：「初」，萬曆本作「未」。

(三)殘紅亂飄隕：「殘紅」，萬曆本作「紅白」。

(四)嗟哉六十翁：「哉」，萬曆本作「我」。

(五)干戈未安宅：「干戈」，萬曆本作「漂零」。

(六)東西繫孤艇：「繫」，隆慶本作「繄」；「東西繫孤」，萬曆本作「浩蕩一漁」。

㈦無由駐遲景：「無由」，萬曆本作「疇克」；「遲」，萬曆本作「馳」。

㈧詩成徒自哂：「成徒」，萬曆本作「罷聊」。

送族侄擴之通州㈠ 擴字季充，二十韻

吾族全盛日㈡，家聲詩禮傳。自遭喪亂後，誰能事陳編。猶子苦好學，鄉閭稱獨賢。文采珊瑚枝，照映唐棣篇。時同竹林會，嘯咏相周旋。一朝攜酒至，别我荒城邊。問渠欲何之㈢，言將適通川。通川渺何許，遠在滄海壖。府侯朱夫子，招我開講筵。老懷極慰喜，汝去毋留連㈣。吹嘘千里外㈤，感激故人憐㈥。修程盡努力㈦，慎勿中道捐㈧。蛟龍起春雷，鵰鶚搏秋天。物遇各有時，立功須盛年。此行非草草，着鞭宜爾先(九)。要登青雲路，忠義尚勉旃(十)。舟發梁溪水，帆拂狼山烟。骨肉重相思，兩地心懸懸。長江浩無波，擊楫秋風前(十一)。行當賦清句，懷此山中泉(十二)。

【校記】

(一)題，萬曆本作「送侄擴之通州」；隆慶本、萬曆本皆無題下小注。

(二)吾族全盛日：「全盛日」，隆慶本作「最全盛」。

(三)問渠欲何之：「問渠」，萬曆本作「借問」。

(四)汝去毋留連，萬曆本作「別意尤拳拳」。

(五)吹噓千里外：「吹噓千」，萬曆本作「江水萬」；「外」，萬曆本作「注」。

(六)感激故人憐，萬曆本作「瀉滑急如弦」。

(七)修程盡努力，萬曆本作「歷險戒疾驅」。

(八)慎勿中道捐，萬曆本作「中道勿纏綿」。

(九)着鞭宜爾先：「宜」，萬曆本作「會」。

(十)忠義尚勉旃：「尚」，萬曆本作「盍」。

(十一)萬曆本脫「骨肉」至「秋風前」四句。

(十二)懷此山中泉：「懷」，萬曆本作「激」。

和卜判官除草詩韵

邊塵暗城郭，大道多榛荆。使君坐高堂，政治公生明。屏除奸與惡，始覺心和平。虚庭愛清曠，厭見蔓草生。呼童盡芟薙，從渠蘭蕙榮。况敷甘棠陰，百里覆檐楹。斯民喜安堵，感此愛物情。恩澤布田野，處處添租丁。鼓舞老布衣，咏歌締詩盟。

丁未寓琴川奉謝鄭先生昆季㈠長曰甌伯，名思本；次曰甌仲，名思先；曰甌叔，名思宗；少曰甌季，名思原。八十韵

結交須結心，取友必取德。苟遇同心人，何用曾相識。請君試静聽，賤子聊具述。區區六十翁，素禀柔弱質。潦倒無所成，頭顱空雪白。十年遭艱虞㈡，携家避兵革。閭里俱荆榛，屋廬

成瓦礫。飄泊無定所，萍踪任南北。旅食閩閶城，懷抱長怵惕。豈謂去年冬，大軍至倉卒。譬彼孤飛鴻，哀鳴畏繒繳。又如投林猿，高木何暇擇。拏舟向東去，長途烟霧塞(三)。回帆擬西行，烽火故□隔(四)。矯首見虞山，青天數峰出。遥遥竟宵征，那問凶與吉(五)。詰旦達城郭，維舟南關側。親朋盡疏曠(六)，彷徨欲何適。忽憶故人語(七)，在耳猶歷歷(八)。是邦湖山勝，群英聚圭璧。屈指思姓名(九)，遺十還記一。驚呼叱兒童(十)，殷勤遍尋覓(十一)。鄭氏好昆季，相逢悦顔色。一見蓋始傾，方寸已莫逆。敬我以父執，事我猶子侄。慰勞未及已，拳拳問家室。大厦讓我居，矮屋自容膝。軒堂親掃除，俾我安寢食。修垣障紅塵，清池湛寒碧。林梅着疏花(十二)，畦蔬翠蒙羃。老檜鬱已秀，高梧挺而特。物情各有榮(十三)，人事何促迫。衰年厭喧隘，愛此地幽僻。煩襟净陶寫(十四)，庶幾遣愁寂(十五)。況乃賢主人，友悌喜相得(十六)。伯也倜儻姿，英年事書律。急難重周旋(十七)，傾言梗而直(十八)。深謀及遠慮，靡使毫髮失(十九)。誰能干戈際，豁達露胸臆。空階步月吟，明窗對棋奕(二十)。剪燭歌陽春(廿一)，飛觴醉瓊液(廿二)。欸洽相與娛，寧忘論三益。仲也青雲器，胸中飽經術。文章浩波瀾，氣概壓峭崪。修身中矩度(廿三)，勉學寸陰惜(廿四)。淮海稱白眉(廿五)，士林仰為則(廿六)。名已達鳳池，會通金閨籍(廿七)。行當步霄漢，九萬摶只尺。蠢我二三子，亂離墮荒逸。遂褰董生帷(廿八)，同列管寧席(廿九)。

未諳立雪意，洒掃勤乃職。諄諄教誨言，眷眷琢磨力(卅十)。方圓苟成器，詎敢忘繩墨。叔也正年少，冷然美標格(卅一)。讀書不輟手，學字尚超忽(卅二)。龍泉未出匣，良玉猶在石。一朝發光芒，虹貫斗牛赤。由來席上珍，豈是池中物。庭下棠棣花，相輝映春日(卅三)。堂前紫荆樹(卅四)，相看厚培植。姜肱曾共被(卅五)，繆彤能自責(卅六)。張公一忍字，九世無改易(卅七)。怡然見君家(卅八)，接踵追古昔(卅九)。今年二月初(四十)，衰朽仍遘疾(四一)。呻吟不絕口，生死莫可測。妻兒顛沛餘(四二)，束手愧無策(四三)。感君交誼篤，中心懷戚戚。百里求良醫，寧辭苦勞役(四四)。醫亦仗義人，匍匐過蓬蓽。沃我上池水，沉痾似冰釋(四五)。殘喘獲再蘇，枯萌發春澤。

斯文骨肉同(四六)，何有此親密(四七)。四海皆兄弟，伊誰與儔匹。留連閱寒暑(四八)，言笑繼晨夕(四九)。良朋時滿座(五十)，俗子迥絶迹。坐我春風中，不知身是客。恩深復何語(五一)，肺肝自銘刻。願堅歲寒盟(五二)，南山指松栢(五三)。永結同心友，重以膠投漆。再拜歌聲詩(五四)，兹懷豈終極。

【校記】

(一)題，隆慶本作「丁未寓琴川奉謝鄭先生昆季八十韵」；萬曆本作「奉謝鄭氏昆季」，題下皆無小注。

(二)十年遭艱虞：「虞」，萬曆本作「險」。

(三)長途烟霧塞：「長途」，萬曆本作「道路」。

㈣烽火故□隔：「故□」，隆慶本作「故鄉」，萬曆本作「鄉里」。

㈤那問凶與吉：「凶」，隆慶本作「吝」。

㈥親朋盡疏曠，萬曆本作「浩蕩萍梗踪」。

㈦忽憶故人語，萬曆本作「故友若晨星」。

㈧在耳猶歷歷：「耳猶」，萬曆本作「眼空」。

㈨屈指思姓名：「思」，萬曆本作「數」。

㈩驚呼叱兒童，萬曆本作「遂令兒童輩」。

⑪殷勤遍尋覓：「殷勤」，萬曆本作「咨度」。

⑫林梅着疏花：「着疏花」，萬曆本作「雪的皪」。

⑬物情各有榮：「情」，萬曆本作「態」。

(十四)煩襟净陶寫：「襟」，萬曆本作「懷」。

(十五)庶幾遣愁寂：「幾」，萬曆本作「用」。

(十六)友悌喜相得：「喜」，萬曆本作「更」。

(十七)急難重周旋：「重周旋」，萬曆本作「妙解紛」。

(十八)傾言梗而直：「傾」，萬曆本作「出」。

(十九)靡使毫髮失：「使」，萬曆本作「有」。

(二十)明窗對棋奕：「明」，萬曆本作「碧」；「對棋」，萬曆本作「張燈」。

(廿一)剪燭歌陽春：「剪燭歌」，萬曆本作「度曲變」。

(廿二)飛觴醉瓊液：「醉」，萬曆本作「走」。

(廿三)修身中矩度：「修身」，萬曆本作「周旋」。

(廿四)勉學寸陰惜：「勉」，萬曆本作「勵」。

(廿五)淮海稱白眉：「稱」，萬曆本作「譽」。

(廿六)士林仰為則：「為」，萬曆本作「嘉」。

(廿七)會通金關籍：「關」，隆慶本、萬曆本皆作「閨」。

(廿八)遂褰董生帷：「褰」，萬曆本作「謁」；「生」，萬曆本作「氏」。

(廿九)同列管寧席：「列」，萬曆本作「瞻」。

(三十)眷眷琢磨力：「眷眷」，萬曆本作「亹亹」。

(卅一)冷然美標格：「冷」，隆慶本作「泠」，萬曆本作「天」。

(卅二)學字尚超忽：「尚」，萬曆本作「已」。

㊸相輝映春日：「映」，萬曆本作「耀」。

㊹堂前紫荊樹：「堂」，萬曆本作「庭」。

㊺姜肱曾共被：「曾共被」，萬曆本作「共被卧」。

㊻繆肜能自責：「能自」，萬曆本作「自躬」。

㊼九世無改易：「無」，萬曆本作「不」。

㊽怡然見君家：「怡然」，萬曆本作「千年」。

㊾接踵追古昔：「追」，萬曆本作「繼」。

㊿今年二月初：「年」，萬曆本作「者」。

(四一)衰朽仍遘疾：「仍」，萬曆本作「忽」。

(四二)妻兒顛沛餘：「兒」，萬曆本作「子」。

㊸束手愧無策：「愧無」，萬曆本作「竟靡」。

㊹寧辭苦勞役：「寧辭」，萬曆本作「不憚」；「勞」，萬曆本作「馳」。

㊺沉痾似冰釋：「痾似冰」，萬曆本作「痼冰涣」。

㊻斯文骨肉同：「同」，萬曆本作「懿」。

㊼何有此親密：「親」，萬曆本作「稠」。

㊽留連閱寒暑：「閱」，萬曆本作「變」。

㊾言笑繼晨夕：「繼」，萬曆本作「忘」。

㊿良朋時滿座：「時」，萬曆本作「長」。

(五一)恩深復何語：「恩」，萬曆本作「義」；「復何語」，萬曆本作「不可道」。

(五二)願堅歲寒盟：「願堅」，萬曆本作「誰知」；「盟」，萬曆本作「操」。

(五三)南山指松栢：「指」，萬曆本作「有」。「願堅」至「松栢」兩句萬曆本在「重以膠投漆」句後。

(五四)再拜歌聲詩：「歌聲」，萬曆本作「聲歌」。

次韻金別駕(一)文直

世故忽云變，豈意身及之。出門復入門，大道登嵚巇。旌旗卷風雨，殺氣凌清夷。遑遑失歸途，遠避東海陲。邑宰吾舊戚，留連琴水湄。論文向春花，酌酒刈夏葵。悵然念鄉故，撫景徒增悲。譬彼諸草木，榮瘁各有時。善保伯牙琴，終當逢子期。永言敦舊好，題詩寄相思。

【校記】

㈠題，萬曆本作「次金別駕韵」；隆慶本、萬曆本題下皆無小注。

附金別駕送華彦清還長洲詩原韵 輯自《華氏宗譜》。金別駕，名起，字文直

榜人理行棹，之子去何之？渡河河水深，登山山嶮巇。行邁誠不易，世道方未夷。駕言往長洲，田彼南山陲。長洲我故里，居彼婁江湄。室廬今何在，燕麥雜兔葵。時危感身世，咄昔令心悲。心悲傷我神，况復離別時。相思匪云遠，後會良有期。音聲如何接，聊以慰我思。

立秋日啓文過訪

雷雨洗炎熇，江鄉迎早秋。白首尚為客，凄然生我愁。美人期不來，哀吟如有求。吟罷復惆悵，獨坐林塘幽。溪聲入戶響，開簾望維舟。飄飄衣冠士，磊落神仙流。似非張憑舉，何殊王子猷。握手喜傾倒，令我多病瘳。再拜延高堂，言論若為儔。重言苦相憶，魂夢長悠悠。一別已三月，逝景難駐留。人生百年內，聚散如雲浮。且須共尊酒，豁彼離別憂。況乃賢主人，義篤情綢繆。一觴復一咏，殷勤相勸酬。客亦不我辭，盡飲醉即休。林深野色暝，天空霞彩收。浩歌登舟去，解衣眠柁樓。遙憐獨醒處，月照荷花洲。

題詩謝不敏，後會期再謀。

贈張秀才俟圮

富而不好禮，其緒即為替。貧能固其常，後必昌來裔。金溪張公子，犖犖一佳士。雖無六尺軀，胸中有仁義。世代業文儒，家聲未嘗墜。方寸遺以安，詩書盈篋笥。諄諄庭前訓，切切心上記。惡語不出聲，善行人所企。高堂奉慈母，壽已近百歲。清溫禮無違，甘旨日不匱。升堂問起居，開門理耕事。教子有義方，讀書繼先志。辛勤奉養餘，團圞彩衣戲。富貴不我榮，貧賤非我愧。鄉里愛淳古，交情敦厚誼。嗟嗟白髮翁，苦遭門戶累。故山豺虎多，暫假鷦鷯寄。憐我老為客，時來遠相慰。迂疏諒衰朽，綢繆感君意。願結忘年交，芝蘭永同契。

貞孝篇美顧君宗彥母子之德也(一) 四十韵

為子盡孝敬，為婦不二天。人道固常爾(二)，心匪金石堅。誠能終大志，竹帛垂千年(三)。東林顧氏母，春花正芳妍。懷有襁褓兒，夫君抱迍邅(四)。鴛鴦期白首，分飛去無還(五)。痛憤不自持，誓欲同九泉。顧義寧顧身(六)，骨肉忍棄捐？念茲百世系(七)，一縷千鈞懸。呱呱何所知，母在兒能全。晝啼夜飲泣，撫育盡愛憐。

長使兒在膝(八)，夫君如在前。堂上有尊嫜，仰期壽綿延。倚若南山松，兔絲永相纏。天地何降毒(九)，棄背仍後先(十)。煢煢一婦人，萬縷紛褰連(十一)。掩鏡屏膏沐，素心操靜專。躬修蘋蘩事，伏臘涕潺湲。機杼秋風夕，桑麻春雨田。軻母我所慕，侃母我師焉。茹苦猶嗜甘，歲華忘屢遷。顧護兒長成(十二)，頭角稍嶄然(十三)。買書與兒讀，教兒效前賢(十四)。先業傳詩禮(十五)，四世有遺編。風塵澒洞際(十六)，喜復舊青氈(十七)。諄諄承慈訓，孜孜加勉旃(十八)。行義董召南，清修漢服虔。克勵為佳士(十九)，純孝鄉黨傳。甘旨勤以具(二十)，清温安且便。林筍時自斸(廿一)，魚饌朝朝鮮(廿二)。銘肝念劬勞，刻骨無由宣。譬彼三春暉，融融滿山川。被毓寸草心，豐茸乃芊眠。草微何以報，春暉浩無邊[廿三]。願君慎色養[廿四]，兢兢復拳拳。莫作榛與棘[廿五]，而為芝與荃[廿六]。善保承世瑞，青雲靄孤騫。華堂獻長壽，彩衣舞周旋[廿七]。佳聲繼奕葉[廿八]，淳風揚八埏[廿九]。載歌栢舟詩，頌我貞孝篇[三十]。

【校記】

(一) 題，萬曆本作「貞孝篇美顧君宗彥母子也」，題下無小注。

(二) 人道固常爾：「固」，萬曆本作「故」。

(三) 竹帛垂千年：「垂千」，萬曆本作「光萬」。

(四) 夫君抱迍邅：「抱」，萬曆本作「遘」。

(五) 分飛去無還：「無」，萬曆本作「弗」。

㈥顧義寧顧身，萬曆本作「生死固有定」。

㈦念茲百世系：「念茲」，萬曆本作「尚念」。

㈧長使兒在膝：「長」，萬曆本作「但」；「膝」，萬曆本作「目」。

㈨萬曆本脱「仰期」至「降毒」四句。

㈩棄背仍後先：「棄背」，萬曆本作「變故」。

⑪萬縷紛褰連：「縷」，萬曆本作「慮」；「褰連」，萬曆本作「相纏」。

⑫顧護兒長成：「顧護」，萬曆本作「所願」；「成」，萬曆本作「大」。

⑬頭角稍嶄然：「稍」，萬曆本作「見」。

⑭萬曆本脱「買書」至「前賢」兩句。

(十五)先業傳詩禮，萬曆本作「詩禮繼先業」。

(十六)萬曆本脱「四世」至「洞際」兩句。

(十七)喜復舊青氈：「喜復」，萬曆本作「復此」。

(十八)孜孜加勉旃：「加」，萬曆本作「最」。

(十九)克勵為佳士：「克」，萬曆本作「激」。

(二十)甘旨勤以具：「勤」，萬曆本作「肅」。

(廿一)林笋時自斸：「時」，萬曆本作「春」。

(廿二)魚饌朝朝鮮：「魚饌朝朝」，萬曆本作「嘉魚朝割」。

(廿三)萬曆本脱「銘肝」至「無邊」八句。

(廿四)願君慎色養：「願君」，萬曆本作「服勤」。

(廿五)莫作榛與棘：「莫作」，萬曆本作「脫穎」。
(廿六)而為芝與荃：「而為」，萬曆本作「齊芳」。
(廿七)萬曆本脫「善保」至「周旋」四句。
(廿八)佳聲繼奕葉：「佳」，萬曆本作「家」；「繼」，萬曆本作「振」。
(廿九)淳風揚八埏，萬曆本作「青雲煥高騫」。
(三十)頌我貞孝篇：「頌」，萬曆本作「和」。

和甌仲示隆韡詩兼賀成均之選

故人天上住，我思猶在邇。裁寄春空雲，文色何亹亹。眷戀情不忘，捧咏喜無已。置身霄漢間，事業端可擬。朋程快扶摇，一舉九萬里。九萬才只尺，遥遥詎能止。堯天舜日明，四海净如洗。回首終南山，迥隔滄浪水。逍遥成均堂，禮樂用繩己。仰挹清光近，士林誠美矣。辟彼無瑕玉，尊榮藉紈綺。年少慎所為，忠勤奉天子。

登惠山十八韵㈠

山色如美人，春風來更佳。幽花發紅彩，細草饒青荄㈡。夜來得好雨，泥軟不濕鞋。豈憚脚力勞，直上窮巔崖。循路盡曲折，坐石憑梯階㈢。置身萬物外㈣，高舉若可諧。披榛入縹緲，振衣出塵霾㈤。俯視地上人，何如井底蛙㈥。城郭小若畫㈦，烟樹深欲埋(八)。平壤東入吳，大水北亘淮。日射具區白(九)，勢與元氣排(十)。其下明陽觀，高士神仙偕。衣冠不入朝(十一)，棺槨無遺骸(十二)。逍遙同日月(十三)，慚愧非吾儕。老僧偶相值，邀我林下齋。既汲泉煮茗，復以酒沃懷。情真語頗俗(十四)，謝去傷多乖。人事數齟齬(十五)，疇能歷天涯(十六)。

【校記】

(一)題，萬曆本作「登惠山」。

(二)細草饒青荄：「饒」，萬曆本作「蕘」。

(三)坐石憑梯階：「坐」，萬曆本作「躡」；「憑」，萬曆本作「如」。

(四)置身萬物外：「外」，萬曆本作「表」。

(五)萬曆本脫「披榛」至「塵霾」兩句。

(六)何如井底蛙：「如」，萬曆本作「殊」。

(七)城郭小若畫：「小若」，萬曆本作「鏤刻」。

(八)烟樹深欲埋：「烟」，萬曆本作「江」；「深欲埋」，萬曆本作「辨雲霾」。

(九)日射具區白：「射」，萬曆本作「落」。

(十)勢與元氣排，萬曆本作「氣涵滄溟湝」。

(十一)衣冠不入朝：「朝」，萬曆本作「市」。

(十二)棺槨無遺骸：「棺槨」，萬曆本作「飛升」。

(十三)逍遙同日月：「逍遙同」，萬曆本作「峻節皎」。

(十四)情真語頗俗：「俗」，萬曆本作「率」。

(十五)人事數齟齬：「人事」，萬曆本作「世道」。

(十六)疇能歷天涯：「歷」，萬曆本作「遍」。

贈梅孝子榮甫孝感詩(一)十二韵

水木有本源，俯仰感乾坤。誰無寸草心，何以報親恩(二)。吴中梅氏子(三)，庭闈母獨存。高年遘嬰疾(四)，憂心一何煩。爰事虔禱間，天地黯慘昏。精誠破陰曀，孝念達帝閽。雲漢昭天章，璣衡麗微垣。真宰既以假，靈貺鍾其門。願秉此時心，終身矢弗諼。采采南陔蘭，眷眷北堂萱(五)。肅敬將肴膳，婉容奉笑言。

勗哉盡子職，天錫慶彌敦。

【校記】

㈠題，萬曆本作「贈梅孝子」；隆慶本、萬曆本題下皆無小注。

㈡何以報親恩：「何」，萬曆本作「可」。

㈢吴中梅氏子：「吴中」，萬曆本作「中吴」。

㈣高年遽嬰疾：「遽嬰」，萬曆本作「嬰痼」。

㈤眷眷北堂萱：「眷眷」，萬曆本作「韡韡」。「采采」至「北堂萱」一聯，萬曆本置於「婉容奉笑言」與「勗哉盡子職」兩句之間。

聞厚本覺上人避役東歸悵望不及謾寫三十韵以寄㈠

生無功名志，四方謝經營。守拙在村野，洒掃事墳塋。惟我曾大父，梅里鬱佳城。松楸四十載，枝幹重重生。子孫五世衆，能保枯與榮。林外結精舍，歲時奉粢盛。似非象教力，無以存遠名。惠山前朝寺，寒暑幾變更。甘泉蔭樹木(二)，萬劫無凋零(三)。寺中有尊宿，心比源泉清(四)。感我再三意，雲錫許暫停(五)。晨鼎香不冷，夕燈火長明。白日禮寶懺，夜深閱金經(六)。逝者安玄宅，生者懷至誠。諒發菩提念，永堅蘭若盟。豈期中土亂(七)，盜賊紛縱横。軍需日夜急，又向江南征(八)。道釋與黎庶，差役均重輕。委身任鞭撻，但恐違公程。空門本清凈，深慮禍所嬰。中夜理舟楫，飄然望東行。師固方外士，寄迹如浮萍。寧無慈悲心(九)，答此眷顧情。悵望不可及，淚從肝膽傾(十)。嘆彼蛙蚓輩，安能溷滄溟。一朝就泯滅，卷旗韜甲兵。山川不改色，草木增光晶(十一)。官府有餘暇，土田春得耕。萬姓喜安業(十二)，租賦咸均平(十三)。再期林泉會，猿鶴交相迎。

【校記】

(一)題，澹生堂本作「聞厚本庵覺上人避役東歸悵望不及謾寫三十韵以寄」，萬曆本作「厚本庵覺上人東歸奉寄三十韵」。

(二)甘泉蔭樹木：「甘」，萬曆本作「玉」；「樹木」，萬曆本作「翠柏」。

(三)萬劫無凋零：「萬」，萬曆本作「歷」。

㈣心比源泉清：「源泉」，澹生堂本、萬曆本皆作「泉源」。

㈤雲錫許暫停：「雲」，澹生堂本、萬曆本皆作「瓶」。

㈥夜深閱金經：「夜深」，澹生堂本、萬曆本皆作「清宵」。

㈦豈期中土亂：「期」，萬曆本作「意」。

㈧又向江南征：「又」，萬曆本作「盡」。

㈨寧無慈悲心：「慈悲」，萬曆本作「所住」。

㈩淚從肝膽傾：萬曆本作「流淚浩沾纓」。

⑾草木增光晶：「增」，萬曆本作「咸」。

⑿萬姓喜安業：「喜安」，萬曆本作「安舊」。

⒀租賦咸均平：「咸」，萬曆本作「庸」。

次朱子新韵

避難言子城，潦倒無毀譽。翩翩佳公子，欣然兩相晤。遂結忘年交，惟恨來何暮。因謀歸田計，扁舟復東去。回首望故鄉，黄塵渺何處。美人隔秋水，文采珊瑚樹。馳情若東流，日夕猶能駐。憂來誦君詩，豁爾滌煩慮。何時睹顔色，青天卷雲霧。

次韵元翬見寄㈠

通衢一傾盖，分首猶惜别㈡。况是忘年交，離緒那可説。蟬鳴野外秋，雁叫沙頭月。永保松栢姿，同盟歲寒節。

【校記】

㈠題，隆慶本作「次元輩見寄韵」，萬曆本作「曲林見寄」。

㈡分首猶惜别：「首」，萬曆本作「手」。

贈吕經秀才㈠ 梁鴻山下道吕

青青巖畔松㈡，盤踞崖石裂㈢。辛苦不知年㈣，憑陵幾霜雪。含彼堅貞姿，根柯豈摧折㈤。春風桃李花㈥，芳菲艷陽月。爰操君子心㈦，能持歲寒節。

【校記】

㈠題，萬曆本作「贈吕彦經」；隆慶本、萬曆本題下皆無小注。

㈡青青巖畔松：「青青」，萬曆本作「落落」；「畔」，萬曆本作「上」。

(三)盤踞崖石裂：「盤」，萬曆本作「根」。

(四)辛苦不知年，萬曆本作「蒼翠入太清」。

(五)萬曆本脱「含彼」至「摧折」兩句。

(六)春風桃李花：「春風」，萬曆本作「視彼」。

(七)爰操君子心，萬曆本作「不似巖上松」。

題秋溪釣隱圖

長林蔽秋日，飛雪捲秋旻。道人愛滄浪，為結白鷗鄰。渺渺泛舟楫，悠悠理絲綸。淡然適清興，豈在廬與蓴。偉哉桐江叟，千載高其人。笑彼桃源圖，春花迷去津。

黄楊集卷二终

黄楊集卷三

無錫華幼武彦清著

二十八世孫　叔和　重編

仲厚

季平

趙承中　點校

華人德　審訂

七言絶句

明陽觀

粲山青處明陽觀，古木蒼藤殿閣重。聞説盧君行道日，丹光夜燭九龍峰。

洞酌亭

洞酌亭前井氣寒(一)，行人一啜幾時乾(二)。山中連日多風雨，盡道蛟龍上石壇(三)。

【校記】

(一)洞酌亭前井氣寒：「氣」，萬曆本作「冽」。

(二)行人一啜幾時乾：「行人一啜」，萬曆本作「碧潭澄澈」；「時」，萬曆本作「曾」。

(三)盡道蛟龍上石壇：「石」，萬曆本作「玉」。

擬比紅兒賦解語花(一)其人慧敏，能琴棋，頗知文章

綽約柔情不自勝，翠圍紅繞幾層層。隔簾立盡欄干月，却訝真真喚即譍。

弱質難禁雨露恩，恩深渾欲向誰論。笑他桃李無才思，老却春風竟不言。

霧縠雲綃淡淡妝，微風吹散鬱金香。臨風一片傷春意，欲向何人訴斷腸。

【校記】

㈠題，隆慶本、萬曆本皆作「擬比紅兒賦解語花二首」，題下無小注。

詠玉繡球花

誰剪冰綃攢蛺蝶，不教金縷蹙鴛鴦。愁來亂擲春光晚，月幌風簾自在香。

江南春雪作團飛，飛入園林僅尺圍。玉女夜寒眠不得，一簾香露絡珠璣。

嘗櫻桃

窗外櫻桃一兩株，今年還勝去年無。莫教飛鳥都銜却，摘取枝枝似蠟珠。

樹頭樹底緑重重，無奈櫻桃顆顆紅。好是春花開不盡，亂紅狼藉鳥聲中。

春雲薄薄雨霏霏，正是櫻桃初熟時。野鳥不由人護得，直來銜却最紅枝。

題朱高士所藏趙承旨墨蘭

玉蘂瓊英不受寒，每於春雨惜春殘。道人別有長生術，窗下成年看墨蘭。

題周子羽詩稿

楮葉三年刻未成，獨慚郢斲思逾清(一)。渾渾潤底春泉急，不似秋虫入夜鳴。

歷歷江山寫得無，風流誰更憶黄初。中天有日人皆仰，況是斜陽總不如。

【校記】

㈠獨慚郢斲思逾清：「清」，萬曆本作「精」。

楷上人送葡萄二首

昨夜山中秋雨餘，葡萄滿架紫珠如。折來供佛生歡喜，慚愧能分到草廬。

山僧惠我紫葡萄，個個勻圓帶粉膏。滿口嚼來香味別，涼州酒價謾争高。

七夕薄陰時悼亡有感㈠

七香車子夜相過㈡，天上人間事若何？雲意却憐懷抱惡㈢，不教揮淚見明河㈣。

【校記】

㈠題，隆慶本作「七夕薄陰有感」，萬曆本作「七夕薄陰悼亡有感」。

㈡七香車子夜相過：「夜」，萬曆本作「憶」。

㈢雲意却憐懷抱惡：「雲意」，萬曆本作「牛女」；「却」，澹生堂本、隆慶本皆作「故」，萬曆本作「似」。

㈣不教揮淚見明河：「不教揮淚見」，萬曆本作「却將雲霧蔽」。

七月十五夜見月有感

舉頭忽見月團團，照我窗前隻影寒。從此姮娥端正面，中秋又怕十分看。

中秋子貞先生見寄

前月吟君對月詩，知君怕見月圓時。今宵幸尔無明月，如此雨聲還不宜。

次韵(一)

山童報我看新詩，正是燈前雨急時。却憶去年今夜月，向人圓處十分宜。

【校記】

㈠題，澹生堂本作「和前韵」。

朱玄暉招鹤詞㈠

赤符密密致殷勤，敢托金童問近臣。夜半人間有封事，起居南嶽魏夫人。

梵氣氤氲護寶臺㈡，玉皇絳闕五雲開㈢。步虚未了花初散㈣，報道仙人駕鹤來㈤。

紫府銜書幾日還，乘風迤邐到瑤壇。一聲嘹亮翻身去，却要人看頂上丹。

白雲飛珮紫霞衣，雪拂香烟上下時。定是長生題姓字，春風先與碧桃枝。

【校記】

㈠題，萬曆本作「朱高士召鶴」。

㈡梵氣氤氲護寶臺：「護」，萬曆本作「結」。

㈢玉皇絳闕五雲開：「絳」，萬曆本作「宫」。

㈣步虚未了花初散：「未了花初散」，萬曆本作「聲裏天香滿」。

(五)報道仙人駕鶴來：「駕」，萬曆本作「唤」。

題扇付聰(一)至正十一年秋八月作(二)

庭前桂樹緑參差，八月秋高花滿枝。要使流芳千百世，少年須學竇家兒。

【校記】

(一)題，澹生堂本、萬曆本皆作「題扇付聰子」。

(二)題下小注，澹生堂本作「至正十一年秋八月，聰，宗韓小字也」；萬曆本無小注。

附陳先生以前韵續題聰扇（輯自手録本）

種樹燕山定幾時，至今人仰最高枝。謝家滿眼俱蘭玉，也為夫人自教兒。

舟中對雪寄惟中二絕㈠

春風吹雪舞婆娑，愁坐孤舟思若何。一笑青山俱老矣，不知短髮白尤多。

飛雹敲篷響夜深，擁衾無寐自長吟。曉來忽作相思夢㈡，雪壓重城無處尋㈢。

【校記】

㈠題，萬曆本作「舟中遇雪寄惟中」。

㈡曉來忽作相思夢：「相思」，萬曆本作「梅花」。

㈢雪壓重城無處尋：「城」，萬曆本作「林」。

題龔翠巖江山圖二首㈠

春雲白白樹青青㈡，正是江南第一程。却憶西津舊時路，黄沙漲滿少人行。

天下江上北固樓㈢，少年携酒憶曾游。風塵浩蕩看圖畫，春雨一窗吟白頭㈣。

【校記】

㈠題，萬曆本作「題龔翠巖江山圖」。

㈡春雲白白樹青青：「春」，萬曆本作「山」。

㈢天下江上北固樓：「上」，萬曆本作「山」。

㈣春雨一窗吟白頭：「春雨一窗吟」，萬曆本作「湖海飄零恨」。

題士女

玉笋輕攏金鳳橫，内家妝束髻鬅鬙。夜深酒醒彈銀燭，直道真真唤得譍。

題碧梧美人圖(一)

晚涼新着絳綃衣，月淡香階玉步遲(二)。為怕姮娥妬顏色(三)，鳳凰枝下立多時。

【校記】

(一)題，萬曆本作「題碧梧美人」。

(二)月淡香階玉步遲：「玉步」，萬曆本作「步玉」。

(三)為怕姮娥妬顏色：「為」，萬曆本作「却」。

寄曲林

湖上春風也太顛，燈前愁殺泛湖船。不知何處聽風雨(一)，還憶草堂人未眠。

【校記】

㈠不知何處聽風雨：「風」，萬曆本作「春」。

題畫竹㈠

挺挺琅玕玉澗邊，半含春雨半含烟。怪來筆底清如許，老子胸中有渭川。

【校記】

㈠題，萬曆本作「畫竹」。

題杜韋娘畫㈠

霞佩飄颻金縷香，緩歌白雪韵悠揚。華堂舊日風光在，見慣司空亦斷腸。

【校記】

㈠題，隆慶本、萬曆本皆作「題杜韋娘圖」。

題梨花錦鳩

暖雲閣雨近清明，一樹梨花剪玉英。紫陌正堪同拾翠，莫教枝上錦鳩鳴。

謝元暈惠扇二首

美人贈我白團扇，吟得新詩不敢題。驅拂炎塵無一點，枕書眠到夕陽西。

明月入懷清似玉，涼飆盈握動驚秋。正當酷吏傷煩暑，如見故人生我愁。

七夕詞二首(一)

霧障雲屏午夜開，鵲橋仙子過河來。一年一度一相見，牢綰同心結酒杯。

年年織女嫁牽牛，天上人間幾度秋。離別恨多歡會少，可應不白少年頭。

【校記】

㈠題，萬曆本作「七夕」。

題桃花十二紅圖

枝上栖禽五色毛，困酣花氣日初高㈠。江南一覺繁華夢，滿地荆榛叫百勞。

【校記】

㈠困酣花氣日初高：「困」，萬曆本作「睡」。

元翬有哭子之戚賦絕句以解之

玉露凋傷瓊樹枝，東門吴老不曾悲。明朝再叶熊羆夢，哀哀公侯莫厭遲。

題同壽壁上畫松同韡也

可笑阿買不識字，也解揮毫畫古松。時向小窗風雨後，摩挲老眼看蒼龍。

次韵元翬春雪六絕句(一)

笙歌擁醉却春寒，争睹瑤姬舞素鸞(二)。何似袁安守清節，閉門高臥不相干。

千山絕翼海沉鱗㈢，大地平鋪白錦茵。自是春來多瑞氣，謳歌且作太平民。

剩喜樓前飛玉蝶㈣，不知林外阻流鶯㈤。夜深錯認催花雨，夢覺時聞折竹聲㈥。

雲壓長江冷不飛，風前圓雹散珠璣。漁翁暝踏孤舟去，釣得槎頭縮項肥。

光涵翠箔净氛埃，寒隔珠簾曉未開。喚起阿環春睡覺，笑呵纖手近妝臺(七)。

曉妝怯冷𩏄雲鬟，繡戶生香暖不關。日照畫檐聞笑語，鬭敲冰筍綠窗間。

【校記】

(一)題，隆慶本作「次元翬春雪二首」，萬曆本作「次韻曲林春雪」。

(二)争睹瑶姬舞素鸞：「争睹」，萬曆本作「坐看」。

(三)千山絕翼海沉鱗：「山絕翼海沉鱗」，萬曆本作「嵒萬壑玉嶙峋」。

(四)剩喜樓前飛玉蝶：「樓前」，萬曆本作「漫天」。

㈤不知林外阻流鶯：「知林外」，萬曆本作「嫌幽谷」；「流」，萬曆本作「黄」。

㈥夢覺時聞折竹聲：「時」，萬曆本作「驚」。

㈦萬曆本此章另題作「次元翬春雪」。

春日偶成二絶

城頭楊柳緑如雲，城下官河水拍春。一片江山元不改，畫船多半异鄉人。

船頭細雨濕烟莎㈠，船尾桃花漾碧波。借問東君知得否，江南春色已無多。

【校記】

㈠船頭細雨濕烟莎：「烟莎」，萬曆本作「漁簑」。

四月八日入市訪黄敬之赴西歸會不遇

聞君念佛東城下，直道西歸別有天。若是遠師能許飲，老夫也結白蓮緣。

題畫二首 汾湖陸廣字季弘，號天游子，高士也。能詩文，兼善畫。先世乃盛族，嘗從趙松雪學，故其才藻有過人焉

闔閭城西山嵯峨，闔閭城東湖水多。我來結屋傍修竹，清風相

友月相過。

兩岸青山烟霧生，一江秋水暮潮平。何時共載陸徵士，直泛中流醉月明。

畫松

錯落孤松意氣殊，神龍躍海攫明珠。自非泰華峰前見，定向徂徠頂上摹。

送張師浩歸雲間(一)

孝廉舟楫喜相過，別意匆匆奈若何。不為蒓鱸歸去急，吴淞江上故人多。

【校記】

㈠題，萬曆本作「送師浩歸雲間」。

訪師浩不遇㈠

瑯琊涇上日初沉，觸熱維舟趁晚陰。不見西窗張處士㈡，一天風露自長吟。

【校記】

㈠題，萬曆本作「訪張師浩」。

㈡不見西窗張處士：「不見西窗」，萬曆本作「料得山頭」。

題畫

萬壑千巖似玉泉，山多乳窟鼠能仙。清溪夜月明如雪，應有白鴉顛倒懸。

桃源圖

流水桃花世外春，漁郎曾此得通津。當年只憶秦猶在㈠，不道山河又屬人。

【校記】

㈠當年只憶秦猶在：「憶」，萬曆本作「記」。

晚過曹湖寄楊孟二處士三首㈠

秋天澹澹水泠泠，十里湖光鏡面平。紅日近山霞縹緲，扁舟如在畫中行。

歌聲迤邐瀼西村，燈火人家半掩門。却憶溪南孟夫子，新詩吟罷共誰論。

浮雲過盡月生光，野徑依微認草堂。獨倚柂樓愁思遠㈡，不知風露濕衣裳。

【校記】

㈠題，萬曆本作「晚過曹湖寄楊孟二處士」。

㈡獨倚柂樓愁思遠：「愁」，萬曆本作「情」；「遠」，萬曆本作「惡」。

題陳泰初壁

桑條從小壓成枝，長大剛强不受羈。綠葉如雲蠶似雪，方知早壓是良規。

賀飛卿之子擢上第

泥金帖子傳家信，黄榜題名第一人。喜動溪山多氣象，滿城齊賀老靈椿。

聞歸雁有懷二首(一)

蕭蕭秋雨從南去，拍拍春風望北飛。憶殺天涯萬里客，何年得與爾同歸。

年年歸去過樓前(二)，遠客渾無一字傳(三)。叫破碧雲相借問，可曾飛得到鑾烟(四)。

【校記】

(一)題，萬曆本作「聞歸雁有懷」。
(二)年年歸去過樓前：「過樓」，萬曆本作「暮春」。
(三)遠客渾無一字傳：「遠」，萬曆本作「遷」。
(四)可曾飛得到蠻烟：「得到蠻烟」，萬曆本作「到瘴江邊」。

題折枝芙蓉

漢殿明妃國色真，金錢不肯買傳神。君王早識春風面，正是三千第一人。

謝煉師惠瓜

惠我仙瓜青似玉，剖來寒嚼水晶雲。自非道左孫鍾設，定向朱陵山上分。

題士女圖

玉階移步倚芭蕉，鸚鵡鵰檐學語嬌。解得曉窗春夢覺，赤瑛盤裏舖金桃。

題秋林隱士圖(一)

巖扃半掩白雲深，木葉蕭蕭秋滿林。便欲操舟過溪去，一天明月聽彈琴(二)。

【校記】

㈠題，萬曆本作「秋林隱士圖」。

㈡一天明月聽彈琴：「天」，萬曆本作「窗」。

有懷良才

拂拭瑤琴向夜深，高山流水憶知音。寒燈挑盡滿窗月，獨對水仙花自吟。

過張秀才戲題其壁

張君種橘甘於蜜，歲暮空餘葉滿林。記取明年霜落後，玲瓏枝上摘黄金。

折枝牡丹 名繼留，字俟圯

沉香亭北一枝春，魏紫姚黄總後塵。堪笑金鑾狂學士，却將飛燕比精神。

題王晉卿溪山圖(一)

公子何年寫翠微，江南耆老憶題詩。風流文采俱零落，水緑山青似昔時。

【校記】

(一)題，萬曆本作「題王晉卿畫」。

題碧潭和尚飛瀑圖(一)

春來曾謁贊公房，禪榻雲深襲妙香(二)。三伏炎蒸見圖畫，石泉飛雪洒清涼。

【校記】

(一)題，萬曆本作「碧潭和尚飛瀑圖」。

(二)禪榻雲深襲妙香：「襲」，萬曆本作「鬱」。

題御溝紅葉圖(一)

鴛鴦瓦冷不禁秋，采葉題詩出御溝。一點靈犀天地隔，殷勤隨水向誰流。

【校記】

㈠題，萬曆本作「紅葉圖」。

采蓮曲

紅藕花開笑臉匀㈠，采蓮容貌一般新㈡。風來只聽歌聲響㈢，十里清香不見人㈣。

【校記】

㈠紅藕花開笑臉匀：「笑臉匀」，萬曆本作「夏亦春」。

起鹿門心。

【校記】

(一)題，萬曆本作「次韵雲林畫」。

郊行雜興四首(一)

春泥軟軟草青青，竹杖芒鞋取次行。無那東君小兒態，半時陰雨半時晴。

野花灼灼柳依依，燕子銜泥不住飛。堪笑白頭迂闊叟，故園零落未能歸(二)。

(二)采蓮容貌一般新：「容」，萬曆本作「女」。

(三)風來只聽歌聲響，萬曆本作「畫船撑入花深處」。

(四)十里清香不見人：「十里清香」，萬曆本作「只聽歌聲」。

温日觀畫葡萄

西湖寺裏老真如，醉寫葡萄作畫圖。却笑世間人不識，一枝枝是草龍珠。

次雲林溪山秋色圖韵(一)

山光澹澹樹陰陰，溪水湯湯漱玉琴。此境不知何處有，清風吹柳陰不見小舟來，略彴攲危進復回。便欲褰裳憂跋涉，自憐非是濟川才。

東風颭颭酒旗斜，流水孤村第一家。就飲青銅三百個，免教稚子夜來賒。

【校記】

㈠題，萬曆本作「郊行」。

㈡故園零落未能歸：「零落」，萬曆本作「春盡」。

題雲林山水圖㈠

秋雲無影樹無聲，湛湛長江鏡面平。遠岫烟銷明月上，小亭危坐看潮生。

【校記】

㈠題，隆慶本作「題雲林山水」；萬曆本作「雲林畫山水竹石」，凡二首，此其一；其二澹生堂本題作「題雲林竹圖」，見後。

王仲章南園摘梅子

步屧南園不憚遙，枝頭梅子大於瓢。主人莫怪頻來摘，長日思君渴未消。

月下仲章對飲

明月滿天相對飲，高歌唤起舊風流。酒酣太白疏狂甚，應彼姮娥笑白頭。

睡起

梅子將黄杏子肥，緑陰門巷客來稀。南窗一枕睡初覺，蝴蝶滿園如雪飛。

和陶彦承清明微雨三首(一)

花落林皋水滿溪(二)，隔花臨水聽黄鸝。妖紅膩白都狼藉(三)，老眼從渠霧雨迷。

風花烟草靄春暉，陌上游人緩緩歸。獨有高堂老萊子，低垂簾幕舞斑衣。

江雨冥冥江水長，江風吹送百花香。美人不見生愁思，安得花前醉一觴。

【校記】

㈠題，萬曆本作「和陶彦承清明微雨」。

㈡花落林臯水滿溪：「滿」，萬曆本作「拍」。

㈢妖紅膩白都狼藉：「白」，萬曆本作「緑」。

題仲模杏軒春色圖二首

雲滿青山花滿溪，仙人行處路皆迷。春風戲蝶翩翻舞，曉日嬌鶯睍睆啼。

紅杏花開爛熳春，董仙傳業不憂貧。緑陰滿樹枝垂實，應有紛紛換穀人。

題畫竹二首

一枝瀟洒出烟埃，碧玉初分翠羽開。記得空庭明月上，風吹清影过牆来。

瑯玕沾濕緑猗猗，瘦節清寒不自持。湘浦歸來烟雨暮，推篷斜見兩三枝。

題陸天游畫二首(一)

雨過烟巒翠色浮，何人林下艤孤舟。儵然坐此炎塵外，不覺風生碧樹秋。

萬里乾坤一草亭，吴山相對越山青。祇憐修竹最深處，佳客長留醉不醒。

【校記】

㈠詩凡二首，萬曆本僅録其二，題作「為吴子道題雲林畫」。

墨梅㈠

冰姿玉質本天真，幻化由來物外春㈡。可是玉人嫌太潔㈢，從教飛珮染緇塵㈣。

【校記】

㈠題，萬曆本作「恢上人墨梅」。

㈡幻化由來物外春：「由」，萬曆本作「移」。

㈢可是玉人嫌太潔：「玉」，萬曆本作「道」。

㈣從教飛珮染緇塵：「飛珮」，萬曆本作「素服」。

和施子善見寄韻㈠

冬至陽生氣候新，天涯游子夢歸頻。江梅也解知人意㈡，為報故園都是春㈢。

【校記】

㈠題，萬曆本作「次韻答施子善見寄」。

㈡江梅也解知人意：「也」，萬曆本作「若」。

㈢為報故園都是春：「都」，萬曆本作「將」。

題雲林竹圖㈠

窗前梧竹倚高標，簾底龍香不住燒。記得醉眠清閟閣，一庭春雨晚瀟瀟。

【校記】

㈠題，萬曆本作「雲林畫山水竹石」。詩凡二首，其一，澹生堂本作「題雲林畫山水圖」，見前。

黄楊集卷三終

黄楊集卷四

無锡華幼武彦清著
二十八世孫　仲厚
叔和　重編
季平
趙承中　點校
華人德　審訂

七言律詩

寄施子立

憐君剩得溪山好，愧我渾無水竹清。山隔春風難會面，溪分夜雨不勝情。可從吏隱須投轄，仍聽漁歌共濯纓。枉駕莫辭千里遠，蒲帆長望一舟輕。

四月八日喜季父自江東歸㈠

烏鵲當檐不住飛，出門迎得遠人歸。帆蒲卷束千溪雨，行李飄蕭二月衣。鳥道雜花開錦繡，漁梁激水散珠璣。分明語我如圖畫，安得相從與發揮。

千里扁舟一月還㈡，半於溪水半於山㈢。溪聲夜作雨聲急㈣，山色曉兼春色閑㈤。草發菖蒲雲細細㈥，花開杜宇樹斑斑。莫將行卷空惆悵(七)，去覓幽栖屋數間。

【校記】

(一)題，澹生堂本作「四月八日喜季父歸自江東二首」，萬曆本作「季父歸自江東喜而有作」。

(二)千里扁舟一月還：「扁舟」，萬曆本作「江山」。

(三)半於溪水半於山：「半於溪」，萬曆本作「幾多江」；「半於山」，萬曆本作「幾多山」。

(四)溪聲夜作雨聲急：「溪」，萬曆本作「江」。

(五)山色曉兼春色閑：「曉兼」，萬曆本作「晝同」。

(六)草發菖蒲雲細細：「細細」，澹生堂本、萬曆本皆作「冉冉」。

(七)莫將行卷空惆悵：「卷」，萬曆本作「役」。

春暉堂

築得堂成昔奉親(一)，彩衣芳樹兩鮮新(二)。及時花發春長在，介壽杯深客過頻(三)。燕子簾櫳初着雨，菖蒲几席不生塵(四)。蓼莪一自無顏色(五)，漠漠東風草似茵(六)。

【校記】

(一)築得堂成昔奉親：「昔」，萬曆本作「為」。

(二)彩衣芳樹兩鮮新：「芳樹」，澹生堂本、萬曆本皆作「白髮」。

(三)介壽杯深客過頻：「介」，萬曆本作「獻」。

㈣菖蒲几席不生塵：「菖蒲几席」，萬曆本作「宜男庭樹」。

㈤蓼莪一自無顏色：「蓼莪」，澹生堂本作「藜莪」，萬曆本作「韶華」；「自」，萬曆本作「去」。

㈥漠漠東風草似茵：「漠漠」，萬曆本作「落日」。

秋夜感懷

年年秋後愛新涼㈠，此日秋涼欲斷腸。夢覺已嫌燈似晝㈡，更深尤怯簟如霜㈢。風吹連理仍垂帶㈣，雨打枇杷獨近床㈤。最苦無人具甘旨，豈緣今夜轉情傷㈥。

【校記】

㈠年年秋後愛新涼：「後」，萬曆本作「夜」。

㈡夢覺已嫌燈似晝：「已」，萬曆本作「不」。

㈢更深尤怯簟如霜：「尤」，萬曆本作「猶」。

㈣風吹連理仍垂帶：「連理仍垂帶」，萬曆本作「薜荔陰連幄」。

㈤雨打枇杷獨近床：「枇杷獨近」，萬曆本作「芭蕉緑映」。

㈥豈緣今夜轉情傷：「轉」，萬曆本作「倍」。

和寄鄭明德詩韵㈠

軒軒意氣熟追隨，未愧儲郎敢斷絲㈡。名字喜聞天子識㈢，報書遠及野人知㈣。十年湖海關心久，兩漢文章得意為㈤。矯矯秋高風正急(六)，漁樵有席更分誰。

【校記】

(一)題，萬曆本作「次韵寄鄭明德」。

(二)未愧儲郎敢斷絲：「愧」，萬曆本作「審」。

(三)名字喜聞天子識：「喜」，萬曆本作「已」；「識」，萬曆本作「召」。

(四)報書遠及野人知：「遠」，萬曆本作「還」。

(五)兩漢文章得意為：「兩」，萬曆本作「西」。

(六)矯矯秋高風正急：「矯矯」，萬曆本作「鵰鶚」；「風正急」，萬曆本作「雲路闊」。

和倪元鎮閔雨詩韵(一)

十日不見天宇青，城上雲氣如愁生。擬移茅屋近山住，頗訝漁舟平地行。巫峽漏天常是雨，楚天沃壤獨宜晴(二)。羲和為詩亦可愛(三)，破曉風葉光英英(四)。

【校記】

(一)題，隆慶本作「和倪元鎮閔雨」，萬曆本作「次韵答倪元鎮閔雨見寄」。

(二)楚天沃壤獨宜晴：「天」，澹生堂本、隆慶本、萬曆本皆作「江」。

(三)羲和為詩亦可愛：「為詩亦可愛」，萬曆本作「六龍御白日」。

(四)破曉風葉光英英，萬曆本作「借問孰處揚光晶」。

孫白雲高士請雨有應作詩為贈㈠

聞說祠龍向頂山，火磚擲入海龍關。須臾雲氣從山出，指使雷聲帶雨還。天地潤回秋漠漠，郊墟青沒樹斑斑。道人盡欲歸真宰，只與白雲相對閑。

【校記】

㈠題，澹生堂本作「白雲孫高士請雨有應作詩紀之為贈」。

送茂昭游京師㈠

京城如海塵如霧，容易於人染素衣。不覺匆匆聞獨往，竟無刺刺語相違。江深吴楚浮春水，路近關河帶夕暉。從此但知雲夢小，為因羽翼傍天飛。

【校記】

㈠題，澹生堂本作「送楊茂昭游京師」。

和叔方先生詩韵

桃花端復可憐生，况與柳條相間明。點綴春光容易老，殷勤客意不勝情。遠陪畫竹神仙宅，爛醉連床風雨城。百里幸無山嶽阻，何煩懷抱向人傾。

用道士韵寄彦忠

愛汝題詩枉問安，依依應念得無寒。江魚滿尺長相致，沙雁成行本不單。山徑虎蹄新迹亂，風林雞語曉光殘。此時何限驅馳意，小字渾宜反覆看。

寄開元光老㈠

城南寺裏緑陰堂，修竹千竿細細凉㈡。清晝雅從韋老賦㈢，妙香都訝贊公房㈣。娑蘿樹落天花碧，般若經繙貝葉黄。得意故忘歸路遠，一壺春酒對斜陽。

【校記】

㈠題，澹生堂本作「寄開元光雪窗長老」，萬曆本作「寄開元寺光雪窗長老」。

(二)修竹千竿細細凉：「細細」，萬曆本作「夏日」。

(三)清晝雅從韋老賦：「清晝雅」，萬曆本作「佳句每」。

(四)妙香都訝贊公房：「訝」，萬曆本作「在」。

宿隱微山房

二月蘭舟泊上宫，春陰不雨玉壇空(一)。苔生白石斑斑緑，魚養丹池個個紅(二)。對酒燭分花底夜，出簾香散竹間風(三)。高寒未覺仙臺遠，只此相逢似夢中(四)。

【校記】

㈠春陰不雨玉壇空：「陰」，澹生堂本、隆慶本、萬曆本皆作「雲」。
㈡魚養丹池個個紅：「養」，萬曆本作「出」。
㈢出簾香散竹間風：「出」，萬曆本作「捲」。
㈣只此相逢似夢中：「此」，澹生堂本、隆慶本、萬曆本皆作「比」；「似」，萬曆本作「一」。

奉同陳先生別俞元明韵㈠

久傳姓字黃金榜，忽爾逢迎與舊同。浩浩文章東逝水，依依袍笏北歸鴻。幾年行李長為客，一葉輕舟不避風。直訪陶公栖隱處，豈應相識酒杯中。

憶昔布衣從此去，今朝却喜載官來㈡。泉聲竟爾黄塵隔㈢，山色依然畫障開。醉倚斜暉吟黯淡㈣，清延虚室坐徘徊㈤。宦情羈思渾忘却，要路從教長碧苔。

【校記】

㈠題，澹生堂本作「奉同陳先生别俞彦明都司韵」，萬曆本作「奉同陳先生别俞元明都司次韵」。

㈡今朝却喜載官來：「載」，萬曆本作「莅」。

㈢泉聲竟爾黄塵隔：「竟爾黄塵」，萬曆本作「不與清流」。

㈣醉倚斜暉吟黯淡：「黯」，萬曆本作「慘」。

㈤清延虚室坐徘徊：「清延」，萬曆本作「坐深」；「坐」，萬曆本作「意」。

對雪得飄字(一)至正十年冬，厚本庵覺公招飲而作(二)

天女裁花散沉寥，鮫人剪水織微綃。傾翻竹葉蕭蕭響(三)，點染松梢細細飄(四)。詩思已知清到骨，禪心應許立齋腰(五)。勞生幾度陪清賞，授簡非才愧續貂。

【校記】

(一)題，澹生堂本、萬曆本皆作「厚本庵對雪得飄字」。

(二)題下小注，澹生堂本作「至正十年庚寅冬，厚本庵覺公招飲而坐，時座上師儒八人同吟成卷，陳師為序云」，萬曆本作「庚寅冬，覺上人招飲，坐上師儒八人同賦成卷，子平為序云」。

㈢傾翻竹葉蕭蕭響：「傾」，瀶生堂本作「緋」，萬曆「飛」。

㈣點染松梢細細飄：「染」，萬曆本作「綴」。

㈤禪心應許立齋腰：「齋」，瀶生堂本、萬曆本皆作「齊」。

白牡丹㈠

金縷杯承白玉盤，涓涓擎露出瑤壇。微風卷幔霓裳舞，皓月窺闌雪羽寒。□潔不從脂粉污㈡，惜芳還許子孫看。沉香亭北繁華夢，妖血於今洗未乾。

【校記】

㈠澹生堂本有題下小注「至正十一年春作」。

㈡□潔不從脂粉污：「□」，澹生堂本、隆慶本、萬曆本皆作「嗜」。

病中寫懷 至正十一年八月初作㈠

經旬臥病百憂生，欹枕無緣夢寐清。蜒海風塵何日静，農田雷雨幾時傾。兒能檢藥知親養，婦勸加餐慰母情。啄黍雞肥新釀熟，杖藜徐起看秋成。

【校記】

㈠萬曆本無題下小注。

病中聞楊省郎因馳驛枉道相顧後竟寄素紈而行欲追不及謾成長句奉簡省郎伯振也㈠至正十一年中秋前作㈡

故友近聞天外至，擬扶藜杖出郊扉。忽瞻雪羽風前墮，豈料雲帆月下歸。投贈遠慚官客貴，逢迎自責主人非。上台光近趨參早，那有閑心望少微。

【校記】

㈠題，澹生堂本作「病中聞楊省郎因馳驛枉道相顧後竟寄素紈而行欲追不及謾成八句奉簡」。

㈡題下小注，澹生堂本作「省郎伯振也，中秋前」。

過毗陵東門寺敬公房留飲兼簡陶師晉時己丑六月也竹亭名瑣翠㈠

四檐修竹絕烟埃，滿地清陰覆緑苔。冉冉只疑雲影去，蕭蕭却訝雨聲來。深林掃榻期餘暇，高節題詩愧不才。驪馬在門城郭暮，直須邀月共銜杯。

隔竹虛亭暑氣微㈡，山僧延客坐寬衣。黄塵只尺疏籬斷㈢，蒼雪飄蕭白晝飛㈣。茶竈烟凝松葉潤，齋厨香熟笋芽肥。幾時重約陶徵士㈤，載酒同來為發揮。

【校記】

㈠詩凡二首。澹生堂本題作「過毗陵東門寺敬公留飲瑣翠亭兼簡陶師晉」，題下有小注「己丑六月也」；隆慶本題作「過毗陵東門寺敬公留飲瑣翠亭兼簡陶師晉二首」，題下無小注；萬曆本分作二詩，其一題與澹生堂本同，其二題作「毗陵敬上人留飲瑣翠亭兼簡陶師晉」，皆無題下小注。

㈡隔竹虛亭暑氣微：「隔」，萬曆本作「翠」；「虛亭」，萬曆本作「林中」。

㈢黄塵只尺疏籬斷：「只尺」，萬曆本作「掩冉」；「斷」，萬曆本作「外」。

㈣蒼雪飄蕭白晝飛：「白」，萬曆本作「清」。

㈤幾時重約陶徵士：「徵士」，萬曆本作「元亮」。

過常州游塘張祠有感㈠己丑九月作㈡

風起荒城倚棹過㈢，岸回祠宇鬱嵯峨㈣。斜陽滿樹暮雲散㈤，流水繞門秋雨多。此日禱祈神不昧，當年征伐事如何？漆燈叢冢荆榛遍，還有吴聲子夜歌。

【校記】

㈠題，萬曆本作「過游塘張祠」。

㈡題下小注，澹生堂本作「己丑九月」，萬曆本作「在常州」，隆慶本無小注。

(三)風起荒城倚棹過：「倚」，萬曆本作「客」。
(四)岸回祠宇鬱嵯峨：「回」，萬曆本作「頭」。
(五)斜陽滿樹暮雲散：「滿」，萬曆本作「壓」；「散」，萬曆本作「合」。

題陶師晉畫竹(一)

怪底高堂緑霧生，琅玕數幅寫縱横。雲梢欲動疑鸞舞，露葉初懸想鶴鳴。可是餘陰三徑冷，獨留清影半窗晴。江空卷贈意無限，與子歲寒深結盟。

【校記】

(一)題，澹生堂本作「題師晉畫竹」。

四月留毗陵時母病渴憂思無已適寄枇杷中心感喜故作是詩㈠庚寅歲

曉窗燈影綴金花，游子思親夢到家。旅食暫違憂藥餌，慈恩已及寄枇杷㈡。香分彩袖慚懷橘，涼入中腸憶奉瓜㈢。拜舞新嘗千萬喜㈣，草微春雨緑無涯㈤。

【校記】

㈠題，澹生堂本作「庚寅歲四月留毗陵時老母病渴憂思無已適寄枇杷至中心感喜故作此詩」，萬曆本作「庚寅留毗陵憶老母病渴憂甚適寄枇杷至感喜而作」；兩本皆無題下小注。

㈡慈恩已及寄枇杷：「慈恩已」，萬曆本作「朋來遙」。

㈢涼入中腸憶奉瓜：「涼」，萬曆本作「甘」。

㈣拜舞新嘗千萬喜：「千萬喜」，萬曆本作「意何限」。

㈤草黴春雨緑無涯：「草黴春雨」，萬曆本作「北堂萱草」。

游碧浪湖寄同行沈高士㈠ 辛卯五月十四日也㈡

浮玉山邊晚繫舟㈢，菰蔣蕭瑟似新秋㈣。碧天萬里寫銀漢㈤，明月一輪當柂樓。每愧塵勞成白首，喜從仙御作清游。酒杯未落南風起，又掛歸帆托順流。

【校記】

㈠題，澹生堂本、隆慶本皆作「游碧浪湖簡同行沈高士」，萬曆本作「游碧浪湖簡沈高士」。

(二)題下小注，澹生堂本作「五月十四日」，隆慶本、萬曆本皆無小注。

(三)浮玉山邊晚繫舟：「晚」，萬曆本作「夕」。

(四)菰蔣蕭瑟似新秋：「蔣」，萬曆本作「蒲」；「似」，萬曆本作「動」。

(五)碧天萬里寫銀漢：「寫」，萬曆本作「轉」。

過雲林留飲(一) 辛卯四月作(二)

軒窗玉潔無塵迹，梧竹風高夏日清。池上綠陰分野色，花間黃鳥帶春聲。移樽近水延餘醉，寫畫留人款別情。一出山莊路何限，客衣慈母意難平。

【校記】

㈠題，萬曆本作「訪倪雲林留飲」。

㈡澹生堂本、萬曆本皆無題下小注。

犖德新兄弟既分十年仍復共處㈠

伯仲塤篪古所誇，中原今見犖生家。十年消息紫荆樹，千載光輝棠棣華㈡。鴻雁秋高翔滿月㈢，鶺鴒春暖聚圓沙。燃萁煮豆空相切㈣，慚愧何人掩戶撾。

【校記】

㈠題，澹生堂本、隆慶本皆作「犖德新兄弟既分居十年仍復共處」，萬曆本作「犟德新兄弟分居十年仍復共處」。

㈡千載光輝棠棣華：「載」，萬曆本作「古」。

㈢鴻雁秋高翔滿月：「翔滿月」，萬曆本作「歸別浦」。

㈣燃箕煮豆空相切：「空」，萬曆本作「情」。

病後野人送橘

野人贈橘甘於蜜，病後携來愜滿筐㈠。玉液訝同仙掌露㈡，金苞緣熟洞庭霜㈢。眼明色映衾裯潤㈣，内熱香歸肺腑凉㈤。亟遣兒曹堂上獻㈥，如今小陸鬢毛蒼。

【校記】

㈠病後携來愜滿筐：「愜」，萬曆本作「恰」。

㈡玉液訝同仙掌露：「訝」，萬曆本作「舊」。

㈢金苞緣熟洞庭霜：「緣」，萬曆本作「新」。

㈣眼明色映衮裯潤：「眼明」，萬曆本作「題封」；「衮裯潤」，萬曆本作「園林晚」。

㈤内熱香歸肺腑凉：「内熱」，萬曆本作「飽食」。

㈥亟遣兒曹堂上獻：「堂上獻」，萬曆本作「獻慈母」。

呈雪林御史

街頭竹馬走提孩㈠，報道烏江御史回。徑掃柴門迎北望，喜瞻彩鷁過南來㈡。關心未話風塵別，握手猶為夢寐猜。一笑浮生事無限，紅妝那惜佐餘杯。

錦帆拂曉動牙檣，萬里歸心覲省忙。客袂不忘慈母線，恩袍猶疊御爐香㈢。忠聞漢使歸蘇武，賢憶吳歌感孟光。便築高門擬冠蓋㈣，相傳努力報君王㈤。

【校記】

㈠街頭竹馬走提孩：「提」，萬曆本作「童」。

㈡喜瞻彩鷁過南來：「喜」，萬曆本作「舫」；「過」，萬曆本作「向」。

㈢恩袍猶疊御爐香：「疊」，澹生堂本、萬曆本皆作「帶」。

㈣便築高門擬冠蓋：「擬冠蓋」，萬曆本作「森棨戟」。

㈤相傳努力報君王：「傳」，萬曆本作「期」。

席上呈王尚書

堯天舜日重經綸，鳳詔先頒柱石臣。賜履又沾新雨露，征衫那惜舊風塵㈠。梅花别酒江南月，楊柳官渠輦下春。眼見潢池淪赤子，好將籌策奉丹宸㈡。

【校記】

㈠征衫那惜舊風塵：「衫」，萬曆本作「袍」。

㈡好將籌策奉丹宸：「奉」，萬曆本作「獻」。

寄童煉師㈠

六月六日到城郭，逃暑直入青元宫。舉頭高竹蔽白日㈡，平地碧蓮開晚風。旋投蔗碗漿已凍㈢，爛飲玉壺冰即空㈣。道人給我希世物㈤，無用三百輸青銅㈥。

【校記】

㈠題，澹生堂本、萬曆本皆作「簡童鍊師」。

㈡舉頭高竹蔽白日：「高」，萬曆本作「修」；「白」，萬曆本作「赤」。

㈢旋投蔗碗漿已凍：「投」，萬曆本作「調」。

㈣爛飲玉壺冰即空：「即」，萬曆本作「若」。

㈤道人給我希世物：「給」，澹生堂本作「貽」，萬曆本作「醉」。

㈥無用三百輸青銅：「無」，萬曆本作「不」。

避寇 壬辰十月十三日

午夜移家出遠村，西山烽火斷人魂。拏舟謾逐東流去，灑淚遥瞻北斗尊。彩袖牽攜憐幼穉，斑輿扶擁護慈恩㈠。會須兵甲銷農器，滿載春風復故園。

【校記】

㈠斑輿扶擁護慈恩：「斑」，澹生堂本作「板」。

晚歸

城郭驅馳苦鬱蒸，掛帆歸路看風生。霞光散盡秋初靜，露氣横陳夜轉清。香稻滿田螢火少，短莎緣岸候蟲鳴。一凉到骨蘇民物，更乞銀河洗甲兵。

遺漏後寫懷 巳三月廿日夜經火，暫居羅村小庵(一)

喬木故居烟燼冷，枝栖暫爾寄屠蘇。春風棠棣根仍在，曉露蘭蓀玉不枯。堂上去來思舊燕，巢邊反哺感慈烏。萬間突兀秋須見，豈獨吾廬蔽老夫。

【校記】

(一)題下小注，澹生堂本作「癸巳三月二十日夜經火，暫居羅村小庵」。

題容春軒㈠

池上新亭結構成，容春高扁舊時名。雲霞倒入清漣動㈡，花竹深依暖地生。時饌旋需延客醉，彩衣頻舞為親榮。慰人長是青山色㈢，中有千秋萬古情。

【校記】

㈠題，澹生堂本作「題邵君瑞容春軒」。

㈡雲霞倒入清漣動：「雲霞」，澹生堂本作「峰巒」。

㈢慰人長是青山色，澹生堂生作「清風明月長如此」。

中秋對月有懷莞軒師席㈠

為愛中秋對月吟，孤懷無那憶知心。人間此夕闕離合㈡，天上清光自古今。竹葉浮香傾皎潔㈢，桂花移影坐蕭森㈣。美人隔水不相見㈤，愁入銀河萬里深。

【校記】

㈠題，萬曆本作「對月懷莞軒」。

㈡人間此夕闕離合：「闕」，萬曆本作「嗟」。

㈢竹葉浮香傾皎潔：「浮」，萬曆本作「傾」；「傾皎潔」，萬曆本作「浮燦爛」。

㈣桂花移影坐蕭森：「坐」，萬曆本作「轉」。

㈤美人隔水不相見：「隔水」，萬曆本作「望望」。

次韵莞軒先生舟過溥塘莊見寄㈠

烟霜墟落景凄迷㈡，有客孤吟過遠溪㈢。流水柴門香稻積㈣，長林野寺暮禽啼㈤。草堂自愧非潭北，雲盖徒瞻駐瀼西㈥。乘興還來定何日，寧辭小摘向蔬畦㈦。

【校記】

㈠題，萬曆本作「次韵莞軒過溥塘莊見寄」。

㈡烟霜墟落景凄迷：「烟霜」，萬曆本作「淡烟」。

㈢有客孤吟過遠溪：「孤」，萬曆本作「長」。

㈣流水柴門香稻積：「積」，萬曆本作「熟」。

㈤長林野寺暮禽啼：「長」，萬曆本作「疏」。

㈥雲盖徒瞻駐瀼西：「徒」，萬曆本作「欣」。

㈦寧辭小摘向蔬畦：「向」，萬曆本作「遍」。

附莞軒先生見寄録此（輯自手録本）

舟出梅林恐路迷，亂藤低竹覆寒溪。碧雲秋冷雁初度，黄葉村深鳥自啼。投宿舊緣王給事，徵題祗憶庾安西。鷄肥酒熟豐登日，應遣行官歷稻畦。

寓延陵辱陳廣文景鍾日相慰勞作詩以謝

荒城為客故人疏，賴爾論文得近居。每自藻芹歸子佩，不辭風雨過吾廬。攜將華饌慚何限，酬酢清詩喜有餘。却憶兵戈千里隔，相看白髮陪相於(一)。

【校記】

(一)相看白髮陪相於：「陪」，澹生堂本萬曆本皆作「倍」。「陪」通「倍」。

舒尹許攜酒過訪翌日雨不至辱賜嘉殽吟長句以訂後盟 午年春延陵作(一)

憶昨歌殘落日曛，許攜家醖過論文。行厨豈意愁沾雨，飛盖臨期失望雲。香菜已知親手種，竹菇初自遠山分(二)。城頭春色渾無賴，花底鳴驄幾日聞。

【校記】

㈠澹生堂本無題下小注。

㈡竹菇初自遠山分：「分」，澹生堂本作「飛」。

聞陶師晉過梅里亟歸相候仙舟已往興寧以詩追之

勞君杖屨到柴扃，城郭歸遲少候迎。只訝子猷初盡興，莫嗔安道不關情。酒杯已及三年別，懷抱那能一語傾。野外自憐供給少，迴舟毋惜片時程。

自延陵歸適馬迹鈕彥功惠貺多品作詩以謝㈠

旅宿延陵故舊疏，歸來喜得萬金書。兵戈契闊親逾密，筐篚交陳禮不虛。山茗久藏春雨後，園梅新摘曉烟初。似聞鄰郭猶紛擾，何暇馳情念索居。

【校記】

㈠題，澹生堂本、隆慶本、萬曆本皆作「自延陵歸適馬迹山鈕彥功惠貺多品以詩謝之」。

送牛憲郎彥傳歸吴 午年春延陵作㈠

隔絕風塵信杳然，溪樓相見又經年。人生聚首雖如此㈡，交愛同情久益堅。渡口桃花渾散錦，城頭楊柳已吹綿。明時莫作書空客，鵬鶚秋高上九天。

【校記】

㈠澹生堂本無題下小注。

㈡人生聚首雖如此：「雖」，澹生堂本作「難」。

次韻李別駕栢屏詩 出入韵。至正十四年六月作㈠

靈根何意托幽庭，盤結高枝作翠屏。直倚樓陰風不動，潤分山色雨初晴。炎天坐失雲霞赤，落景看移几席青。鸞鳳定緣香葉至，短章深愧以詩鳴。

【校記】

㈠題下小注，澹生堂本作「出入韵。至正十四年六月」。

次韵楊文昭㈠

一别故人知幾時，相思每誦隔年題㈡。兵戈滿眼愁無那，風雨連床夢轉迷。遥矚層城堅鐵石，俯憐荒野困塗泥。興來每欲操舟去㈢，佇待西村罷鼓鼙㈣。

【校記】

㈠題，澹生堂本作「次韵楊文昭見寄」，隆慶本作「次楊文昭見寄韵」，萬曆本作「次韵答楊文昭」。

㈡相思每誦隔年題：「隔」，萬曆本作「昔」。

㈢興來每欲操舟去：「每」，萬曆本作「擬」。

㈣佇待西村罷鼓鼙：「村罷」，萬曆本作「郊息」。

送俞明遠歸吴

江湖遠客厭遲留，無那長空雨未收㈠。行紀不辭鄉國异，歸心祇為甲兵憂。自慚厨饌無供給，每摘畦蔬且勸酬。明日溪頭開曙色，西風滿目送行舟㈡。

【校記】

㈠無那長空雨未收：「那」，澹生堂本作「奈」。

㈡西風滿目送行舟：「行」，澹生堂本作「歸」。

登龍庭祖墳有感㈠

古木蒼藤覆短垣㈡，春風秋雨自滋繁。根連舊族從誰昔㈢，蔓衍餘芳及子孫㈣。墓碣黄昏青櫟道㈤，紙錢寒食杏花村。祇將純孝追千古㈥，涕淚雙流到九原㈦。

【校記】

㈠題，澹生堂本作「登隆亭祖墳有感」，萬曆本作「拜隆亭祖墳有感」。

㈡古木蒼藤覆短垣：「短」，澹生堂本、萬曆本皆作「石」。

㈢根連舊族從誰昔：「誰」，澹生堂本作「惟」；萬曆本此句作「根蟠厚地通山澤」。

㈣蔓衍餘芳及子孫：「及」，萬曆本作「施」。

㈤墓碣黃昏青櫟道：「黃昏青」，萬曆本作「青苔樗」。

㈥祇將純孝追千古：「追千古」，萬曆本作「求冥漠」。

㈦涕淚雙流到九原：「涕淚雙流」，萬曆本皆作「誠感終須」。

九日朱子雲携酒相慰不能盡興賦此戲贈

姑蘇城下逢佳節，飄泊愁懷若為開。步屧擬尋黃菊采，携壺喜見白衣來。船鄰有客邀同飲，地主多情醉莫推。豈意金吾晚相促，故妨高興盡餘杯。

過金園寺次丁彥誠詩韵簡茂上人楊文可㈠

風塵久別恨悠悠，飄泊江湖一葉舟。野寺偶逢烟雨暮，故園徒憶稻粱秋。關心為問來何去，握手相看喜復憂。賴有茂師能好客，茗甌棋局且綢繆。

【校記】

㈠題，隆慶本、萬曆本皆作「過金國寺次丁彥誠韵簡茂上人楊文可」。

歸故里

避亂歸來覓故基，披榛履棘路皆迷。千間棟宇灰飛盡，萬頃膏腴草長齊。悵望風塵猶未息，顧慚鳥雀欲何栖。移船就爨從耕事，長夜無眠聽曉雞。

別金園茂上人㈠吴公亮

憶昔相違嘆轉篷㈡，今朝握手又西東。客程莫怪輕為別，交愛須盟久更同㈢。禪榻晨清楊柳雨，書帷春暖杏花風。盤桓會有承平日㈣，物色分留慰老翁。

【校記】

㈠題，萬曆本作「金園寺別茂上人吴公亮」，題下無小注。

㈡憶昔相違嘆轉篷：「篷」，萬曆术和作「蓬」。

㈢交愛須盟久更同：「交愛須盟久」，萬曆本作「尊酒應須晚」。

㈣盤桓會有承平日：「盤桓」，萬曆本作「眼明」；「有」，萬曆本作「見」。

附金園茂上人次韵答栖碧先生

輯自《華氏宗譜》。金園茂上人，吴姓，名采，字公亮

嗟君行役尚匆匆，無復看花出瀼東。幾夜相思孤月共，何時重與一尊同？城隅水泛桃花浪，岸口春生杜若風。若引扁舟終遠去，且將踪迹寄漁翁。

斑竹簾

湘妃淚洒碧琅玕，剪織疏簾拭未乾。細縷引風宜隔暑，濕痕含雨欲生寒。燈前照耀琉璃潔，月下斕斑玳瑁看。直幹盡輸兵革用，高堂舒卷莫摧殘。

題梅莊圖

聞說幽栖甓社湖，只栽梅樹繞儲胥。枝橫暮雪春回早，香滿寒庭月上初。五柳門前元亮宅，百花潭北少陵居。歲寒心事清無比，寫入丹青意有餘。

病後寄張飛卿

每懷抱病城南日，感子留連數問安。舟出重闉愁遠别，袖携芳饌囑加餐。臨風蹺企心徒切，載酒從游力未完。遥想彩衣歡奉處，黄花滿地醉團圞。

宿長廣溪

長廣溪頭夜泊船，山青月白水涓涓㈠。孤懷吟嘯興何在㈡，皓首驅馳心惘然㈢。鴻雁北來天未曉，風濤西去路無邊㈣。何方可覓桃源路，煮石耕雲度險年。

【校記】

㈠山青月白水涓涓：「月」，萬曆本作「水」；「水涓涓」，萬曆本作「月娟娟」。

㈡孤懷吟嘯興何在：「孤懷吟」，萬曆本作「側身長」。

㈢皓首驅馳心惘然：「驅馳」，萬曆本作「不眠」。

㈣風濤西去路無邊：「濤」，萬曆本作「塵」；「路」，萬曆本作「地」。

寄鄒甥維久秀才赴錢氏館

知汝養親無禄米，為人教子誦書詩。時危莫訝文章賤，年少何嗟富貴遲。秋雨已荒陶令宅，春風初下董生帷。英才自是青雲器，暫爾鷦鷯假一枝。

寄題鄒甥維順湖山隱居

結廬何處避風塵，好向吴山楚水濱。門挹湖光千頃月，窗分山色四時春㈠。耕桑得趣堪為樂，詩酒忘情莫厭貧。有笋可求魚可釣㈡，善調甘旨奉慈親。

【校記】

㈠窗分山色四時春：「分」，萬曆本作「開」。

㈡有笋可求魚可釣：「有」，萬曆本作「林」；「求」，萬曆本作「鑱」。

喜鄒甥維正病後至

余嘗卧病闔閭門，汝抱沉痾向遠村。夢寐不忘憂藥餌，風塵無便寄盤飧。別離三月徒相憶，懷抱今朝獲細論。佇待太平無一事，故鄉同處樂丘園。

喜元臣同知見過 即曲烈元臣也

幾年隔別無消息，今日逢迎說亂離。故舊盡稀鄉邑改，溪山雖好市廛移。歲寒懷抱膠投漆，秋晚江湖鬢繞繞㈠。莫負奇才嘆衰朽，安危須仗老臣為。

【校記】

㈠此聯「膠投漆」與「鬢繞繞」成对仗，但澹生堂本原诗如此。

中秋對月

初升碧海浴金盤，直上天街轉玉丸。欲數秋毫愁炫耀，只疑桂子落高寒。瓊瑤樓宇參差見，錦繡江山反覆看。願得風塵從此息，人間天上共清安。

春草軒對月思親(一)

昔年阿母宴秋期，只愛階前月色遲(二)。今夕光輝徒有淚，滿天風露不勝悲(三)。良辰荏苒思無極，瘦影伶仃舞向誰(四)。夢繞桂花窮碧落(五)，音容仿佛在瑶池。

【校記】

(一)題，萬曆本作「春草軒對月」。

(二)只愛階前月色遲：「只愛階前」，萬曆本作「滿地溶溶」。

(三)滿天風露不勝悲：「滿」，萬曆本作「一」。

(四)瘦影伶仃舞向誰：「仃」，萬曆本作「俜」。

(五)夢繞桂花窮碧落：「繞」，萬曆本作「出」。

和吕志學中秋有感

憶昔全家陷賊圍，正當此夕月明時。高天厚地無窮恨，玉露金風有所思。身逐亂離今古事，痛憐骨肉死生期。莫將憤惋傷遺體，世系千鈞在一絲。

次韵游虎丘

前朝古寺倚巑岏，此日登臨异昔看。浩浩風塵迷宇宙，依依城郭繞岡巒。鶯啼舊谷春聲好，龍蟄深池劍氣寒。望極故鄉烟草外，感時惟有淚闌干。

太初季明二弟自無錫徒步至吴門相會

手足關心道路賒，不辭辛苦走風沙。翩翩鴻雁影連度，款款鶺鴒情轉加。擊節歌長頻剪燭，藏鈎令急醉尋花。春風桃李故園在，弟勸兄酬何嘆嗟。

次韵志學為花索酒

美人江上寄詩來，為説芙蓉爛熳開。高興遠需新釀酒，家貧還有舊時醅。已知愛護花如玉，莫使凋零葉滿堆。可待歸來須剩賞，與君一日醉千回。

寄童煉師二首

憶别青元老煉師，秋風又是一年期。重城只比蓬萊隔，落月寧忘夢寐思。掃葉仙壇供自爨，茹芝丹室少人知。壺中固有長生術，鏡裏還添幾縷絲。

歸來無處覓安居，謾向東郊結草廬。日落帶烟鋤町疃，夜深聽雨隔籧篨。未能種术長留客，頗愛移舟静釣魚。八月秋高香稻熟，肯飛舄舄下村墟。

鄒士敬携酒見訪

黄度涇頭學采薪，扁舟失喜遇佳賓。香醪滿榼分瓊露，鮮鯽盈筐躍錦鱗。念我肯来臨寂寞，感君那忍别逡巡。明朝共約迴征棹，取醉吴花爛熳春。

次韵丘彦啓追咏祖尚書公所建晝錦坊詩因而有感(一)

使君仗鉞行邊日(二)，里閈高題錦繡光(三)。歲月變遷湮雨露(四)，兒孫追慕見詩章。傷心白髮身為客(五)，回首黄塵淚滿鄉(六)。絕憶慈恩旌節里(七)，春風瓦礫長蓬桑(八)。

【校記】

(一)題，萬曆本作「奉和丘彦啓追咏祖尚書建晝錦坊詩有感」。

㈡使君仗鉞行邊日：「使君」，萬曆本作「尚書」；「行邊」，萬曆本作「歸來」。

㈢里閈高題錦繡光：「高題錦繡」，萬曆本作「榮瞻晝錦」。

㈣歲月變遷湮雨露：「歲月」，萬曆本作「陵谷」；「湮雨露」，萬曆本作「移歲月」。

㈤傷心白髮身為客，萬曆本作「星沉玉斗垂乾象」。

㈥回首黃塵淚滿鄉：「回首黃塵淚滿」，萬曆本作「履出金鑾軼帝」。

㈦絕憶慈恩旌節里：「絕」，萬曆本作「痛」；「慈恩」，萬曆本作「故園」。

㈧春風瓦礫長蓬桑，萬曆本作「荊榛漠漠草茫茫」。

寄題愛日軒

堂前蘭玉繞階除，堂上尊章樂有餘。自是曾參能奉饌，最憐潘岳解扶輿。花溪地暖多生笋，蓮沼波深足養魚。寸晷不違思定省，百年宜爾惜居諸。

答惟中見寄 時聞舉帥府掾

客窗對雨傷幽寂，澤國春歸氣尚嚴。江燕引雛時入户，林烏欲食晝窺檐。美人契闊天涯遠，陋巷羈栖井底潛。忽報詩筒門外至，清風吹起讀書簾。

少年只數張公子，鄉里衣冠獨爾嚴。不出戸庭春侍彩，飽看書術日經檐。青雲健翮寧辭懶，碧海長鯨豈解潛。幕府郎官開博選，行瞻玉樹映冰簾。

春雪簡陳師可

相思正擬曉相尋，春雪無聲綴滿林。步履何堪出東郭，操舟復恐似山陰。吟成樓外無過雁，望斷沙邊落凍禽。遥想諸生初侍覺，門前積得幾多深。

送陶元庸之越

江花白白柳青青，風送蘭舟五兩輕。刀筆去干丞相府，經綸為贊越王城。蘭亭日暖風流在，蓮幕春閑夢寐清。佇聽鳴珂振閭里，倚門懷抱不勝情。

留別鄒丈檜堂㈠

亂後歸來茆屋底，一枝栖息喜清安㈡。釀成白酒逢時飲，坐愛青山竟日看㈢。身外已酬婚嫁債㈣，膝前長引子孫歡㈤。我來不肯輕為別，握手惟稱會面難。

【校記】

㈠題，萬曆本作「留别姊丈鄒檜堂」。

(二)一枝栖息喜清安：「清」，萬曆本作「平」。

(三)坐愛青山竟日看：「坐」，萬曆本作「癖」。

(四)身外已酬婚嫁債：「身外」，萬曆本作「向子」。

(五)膝前長引子孫歡：「膝前長引子孫」，萬曆本作「胸翁何羨僕僮」。

賦思可白鷗亭(一)

滄波漾漾白鷗飛，傍結幽亭與世違(二)。晴雪卷簾涵硯沼(三)，春聲泛渚近書幃(四)。海翁狎玩俱忘我(五)，遷客狂吟為拂衣(六)。肯許從游分半席(七)，醉眠溪上看清輝(八)。

【校記】

㈠題，萬曆本作「白鷗亭」。

㈡傍結幽亭與世違：「傍結」，萬曆本作「波上」。

㈢晴雪卷簾涵硯沼：「涵硯」，萬曆本作「清墨」。

㈣春聲泛渚近書幃：「近」，萬曆本作「動」。

㈤海翁狎玩俱忘我：「狎玩」，萬曆本作「玩狎」。

㈥遷客狂吟為拂衣：「遷」，萬曆本作「僊」；「狂吟為拂衣」，萬曆本作「相看共息機」。

㈦肯許從游分半席：「肯許從」，萬曆本作「明日來」。

㈧醉眠溪上看清輝，萬曆本作「接天秋水澹斜暉」。

題謝氏友竹軒

修竹千竿繞戶庭，主人為結歲寒盟。春風對酒聽鶯語，夜月吹笙引鳳鳴。最愛虛心忘爾汝，相期秉節老平生。何當竟造琅玕下，嘯咏同分几席清。

題蘭雪齋(一)

我羨華陽王給事，襟懷磊落淡無營。閉門著書白日静，采蘭漱雪清風生。謫仙藹藹春雲語，仲連悠悠滄海情。千載何人繼高躅，華扁懸如秋月明(二)。

【校記】

㈠題，萬曆本作「蘭雪齋」。

㈡華扁懸如秋月明，萬曆本作「大茅峰下有軒楹」。

題湖山小隱

愛汝湖山小隱居，地臨幽僻世情疏。湘簾春水溶溶闊，草閣晴嵐冉冉虛。碧篠移來當戶種，黄精覓去帶經鋤。何時共赴鷗波約，醉臥看雲醒釣魚。

別維順甥

江城一月同為客，風雨狂吟只閉門。情洽頓忘鄉思切，心清不覺市聲喧。喜親燈火尋棋局，苦愛琴書罷酒尊。今日扁舟溪上別，幾回望斷落花村。

次韵周牧之隱士雨中見寄

湖上朝來風雨急，茆茨吹卷似高秋。床床漏濕難容膝，咄咄書空只點頭。取醉相娱無過客，狂吟偃臥有扁舟。揮毫寄我皆珠玉，滌盡煩襟幾許愁。

寄明長老東白

江南三月雨涔涔，花落花開總不禁。況是萬方多難日，何堪獨客故鄉心。九龍峰下泉聲咽，陸羽祠前草色深。苦憶山中舊尊宿，幾時携手一登臨。

寄惟中省元

闔閭城外送君時，楊柳花飛及第歸。一别已經春再暮，寸心長想月同輝。少年姓字登金榜，長日階庭戲彩衣。滿地干戈瞻具慶，堂前醉客莫教稀。

寄丁彦誠老友(一)

旅食江城春復秋，相思情逐水東流。憐君钁鑠多文采，愧我飄

㈠君於何處避狼烟：「處」，萬曆本作「地」。
㈡梅花濁酒且留連：「濁」，萬曆本作「緑」；「且」，萬曆本作「暫」。

贈馬主簿

眼明喜識伏波孫，文采風流似玉温㈠。天上麟兒元异物㈡，人間驥子不同群。春風錦旆留江左，夜雨斑衣憶海垠㈢。共睹聖朝求治急，好從年少立奇勳。

【校記】

㈠文采風流似玉温：「似」，萬曆本作「璧」。
㈡天上麟兒元异物：「元」，萬曆本作「真」。

(三)夜雨斑衣憶海垠：「憶」，萬曆本作「隔」。

寄季充侄

華氏儒風久蕭索，賴有汝輩張吾軍。匡衡苦心不倦學，陸機自小能為文。咏歌溪上共明月，倚杖江邊愁暮雲。竹林之游遲亦得，少年冠蓋今紛紛。

寄張教授鵬飛

禮闈擢桂名先著，又睹芹宮頌德多。館下諸生晨聽講，邑中上客日相過。優游經史探微旨，俯仰乾坤發浩歌。幾欲扁舟問奇木，問君何處醉笙簫。

寄志學元翬

皓月澄虛碧玉流，故鄉驚喜見中秋。茆檐對酒歌清影，草地搴裳舞白頭。天上已看氛祲豁，人間那得甲兵休。風流遠憶城南客，何處笙歌醉倚樓。

送永定寺長老茂公(一)

曾向金園留信宿，夜深風雨聽談禪。袈裟又是經年別，詩句應從到處傳。雙樹林中揚妙梵，法華經裏見諸天(二)。舊來好客還如此，肯借禪床一醉眠(三)。

【校記】

(一)題，萬曆本作「送茂長老」。

(二)法華經裏見諸天：「法」，萬曆本作「雨」；「經」，萬曆本作「香」；「見」，萬曆本作「覲」。

(三)肯借禪床一醉眠：「床」，萬曆本作「房」。

村居即事

孤村流水野人家，墟落霜寒景亦佳。紅繞夕陽烏桕樹(一)，白粘秋雪木綿花。漁舟來往歌聲續，酒旆招搖客興賒。辟地幽偏豺虎遠，桃源仿佛舊生涯。

【校記】

㈠紅繞夕陽焉柏樹：「焉」，当作「鳥」。澹生堂本原誤。

九日書懷

重陽無雨一冬晴，故老相傳喜不勝。兵甲已知當偃息，農田從此卜豐登。無錢對菊嗟彭澤，有酒裁詩憶少陵。欲向西風吹短帽，何堪白髮滿頭增。

席上呈以愚叔

季父英才迥出群，風流不減晉參軍。生涯淡薄甘為樂，世故紛紜總不聞。静愛琴書消永日，閑看車蓋等浮雲。已知高義驅今古，好振吾宗立异勳。

挽朱孺人鍾氏子雲之室也

玉樹凋殘一夜霜，空餘老桂獨芬芳。延賓有禮思陶母，舉案無人哭孟光。生事蘋蘩情切切，死遺家訓語浪浪。婦儀母範傳閭里，若個聞哀不斷腸。

村居喜維順甥見過饋貺香橙糍餅

茆檐孤坐曉初晴，宛睹風標喜不勝。玉粒搗香分雪餅，金苞帶葉奉霜橙。敢辭厚意歸秦璧，為答新題乏剡藤。乍見豈能容易別，聯床伴我話寒燈。

呈卜節判

元戎幕下舊參軍，一别旌旗已數春。從此陽和回大地，至今仁聞感斯民。馬頭山色青如玉，官路梅花白映人。豈意鄉閭凋瘵後，又承德澤寵光新。

陪卜節判翟仲謙同飲聯句

文采相逢卜使君，偶來東墅看耕雲翟。傳柑送酒行春宴，刻燭題詩坐夜分卜。慷慨自能歌白雪，風流何用醉紅裙華。鄉村相杵童謠遍，總使賢聲遠近聞翟。

過翟仲謙青山草堂會家叔以愚公同飲㈠

竹林有約隔年期㈡，杖屨今朝獲後隨。百里青山雲過盡㈢，一溪春水雪消時。問花取醉劉伶酒㈣，傳燭爭哦杜甫詩。最喜得從文字飲，珠歌翠舞亦何為㈤。

【校記】

㈠題，萬曆本作「過翟氏草堂會家叔同飲」。

㈡竹林有約隔年期：「隔」，萬曆本作「去」。

㈢百里青山雲過盡：「百里」，萬曆本作「九疊」；「過盡」，萬曆本作「散後」。

㈣問花取醉劉伶酒：「問」，萬曆本作「看」；「取」，萬曆本作「爛」。

㈤珠歌翠舞亦何為：「珠」，萬曆本作「艶」；「翠」，萬曆本作「妍」。

彦容弟得女孫用前韵聯句㈠

勝事從來不可期，華堂吉夢日相隨。兒初得子春風夜，翁喜抱孫年少時。今夕醉叨湯餅客㈡，明年重賦弄璋詩。吾宗積慶由來遠㈢，從此門楣須爾為。

【校記】

㈠題，萬曆本作「賀彥容弟得孫女」。

㈡今夕醉叨湯餅客：「夕」，萬曆本作「日」。

㈢吾宗積慶由來遠：「慶」，萬曆本作「善」。

訪志學留別

霜晴墟落暖如春，遠岸維舟訪故人。衹為殷勤雞黍約，何煩酬酢酒杯頻。寒瓜剖玉堅留客㈠，香橘分金共憶親。鄉井不嫌來往數，東風重醉草堂新。

【校記】

㈠寒瓜剖玉堅留客：「堅」，萬曆本作「遲」。

次韵元翬夢歸鄉中顧龍山寺㈠

十年飄泊避兵戈，故國溪山夢寐多。明秀軒前携月去㈡，白龍祠下躡雲過。古碑題字埋青蘚㈢，舊陌游踪覆緑蘿㈣。自是仲宣鄉思切，春風一覺眼摩挲㈤。

【校記】

㈠題，萬曆本作「和曲林夢歸鄉中龍山寺」。

㈡明秀軒前携月去：「携」，萬曆本作「乘」。

㈢古碑題字埋青蘚：「古」，萬曆本作「斷」；「題」，萬曆本作「剥」。

㈣舊陌游踪覆緑蘿：「游踪」，萬曆本作「荒蹊」。

㈤春風一覺眼摩挲：「眼摩挲」，萬曆本作「一長歌」。

送丁彦誠先生之通州㈠

淮海初傳薦鶚書，凴唐今日聽吹噓㈡。致身已覺青雲遠㈢，照鏡從教白髮餘。三會亭前詩思闊，九龍峰下故人疏。荒城對酒難為别，潦倒憑誰數起予。

【校記】

㈠題，萬曆本作「送丁彦誠之通州」。

㈡凴唐今日聽吹噓：「聽」，萬曆本作「仗」。

㈢致身已覺青雲遠：「遠」，萬曆本作「近」。

戲和卜判官老人燈詩韵㈠

燁燁衣冠勝後生，杖藜入市賀升平㈡。掃除白髮三千丈，透徹丹心一點明。側耳笙歌如有聽，凝眸珠翠却無情㈢。時人莫訝風中燭㈣，南極星辰自有名。

【校記】

㈠題，萬曆本作「次韵老人燈」。
㈡杖藜入市賀升平：「杖」，萬曆本作「青」。
㈢凝眸珠翠却無情：「却」，萬曆本作「獨」。
㈣時人莫訝風中燭：「訝」，萬曆本作「道」。

春雪和韵

寒雲結陰濕糢糊，六花散漫飄虛無。誰披鶴氅似仙子，獨擁貂裘惟老夫。鈎簾掃徑望溪棹，呵筆賦詩呼硯鑪。妖氛滌盡麗日出，鶯花爛熳歌王都。

為施仲模題種杏軒(一)正齋公之子也

賣藥從人種杏花，千株萬樹密交加。春風繞屋團晴雪(二)，曉日當窗炫彩霞。香葉不尋蘇老井(三)，芳林惟認董仙家(四)。會看采實如山積，德業相承世所誇。

【校記】

㈠題，萬曆本作「種杏軒」，無題下小注。
㈡春風繞屋團晴雪：「繞屋」，萬曆本作「滿座」。
㈢香葉不尋蘇老井：「尋」，萬曆本作「沉」。
㈣芳林惟認董仙家：「惟認」，萬曆本作「長繞」。

和師浩郊行

步屧隨風野外游，小橋荒墅暮烟浮。黄梅醞釀三壬雨，白苧飄蕭五月秋。市遠不逢騎馬客，溪深偏喜釣魚舟。明朝準擬琴書暇，杖策從君散旅愁。

擬賦中秋月二首

喜挹清輝坐夜分，憑高望遠思超群。三更白露下明月，萬里青天無片雲。庾亮登樓從坦率，袁宏泛渚尚清芬。如何千載風流事，直到於今更不聞。

露下青天灝氣高，仰瞻白兔見秋毫。江河大地俱澄澈，魑魅空山遠遁逃。可愛一年當好景，只愁無處覓香醪。老夫懷抱清如水，桂子香中誦楚騷。

九日分得陽字(一)

西風吹雨作重陽，失喜相逢在故鄉(二)。滿眼溪山仍舊好，繞園松菊未為荒(三)。彈琴寫畫市聲遠(四)，援筆賦詩吟興長(五)。不恨無錢恨無酒，對花空望白衣郎(六)。

【校記】

(一)題，萬曆本作「九日分韵得陽字」。

(二)失喜相逢在故鄉：「失喜」，萬曆本作「冠盖」；「在」，萬曆本作「乐」。

(三)繞園松菊未為荒：「松」，萬曆本作「杞」；「為」，萬曆本作「全」。

(四)彈琴寫畫市聲遠：「寫畫」，萬曆本作「擊石」。

(五)援筆賦詩吟興長：「吟」，萬曆本作「秋」。

㈥對花空望白衣郎：「空望」，萬曆本作「望斷」。

奉和以愚叔見寄詩韵

秋風淒惻故園情，故舊蕭疏散曉星。獨有竹林憐野叟，每操蘭棹過溪亭。別來幾日傾心渴，投贈新詩喚夢醒。煖老自知燕玉好，恨無金屋貯娉婷。

和黄敬之見寄韵㈠

卜鄰結屋瀼西村，春入柴荆鳥雀喧。高柳繞門元亮宅，小桃臨水武陵源㈡。呼兒且種南山豆，過客須傾北海尊。叔度不來生鄙塞㈢，新詩吟就共誰論。

【校記】

㈠題，萬曆本作「次韻答黃敬之」。

㈡小桃臨水武陵源：「小」，萬曆本作「繁」；「臨水」，萬曆本作「夾岸」。

㈢叔度不來生鄙塞：「生鄙」，萬曆本作「茅徑」。

聞故友陳子方復來閶門

故人西去能幾時，又復東來憂亂離。只尺隔水不可見，空梁落月長相思。城頭雨深杖藜遠，江上風急舟航遲。暮雲望斷愁思極，恨臂不羽心追隨。

黄楊集卷四终

黄楊集卷五

無錫華幼武彦清著

二十八世孫 叔和 重編
仲厚
季平
趙承中 點校
華人德 審訂

七言律詩

寄志學二首

經年不見校書郎，忘却城南舊草堂。鄉思每懷春藹藹，書聲猶記夜浪浪。吟窗柳暗嬌鶯語，行幕花香老燕忙。那有閑心念衰朽，碧梧容易墜銀床。

獨客不禁春色惱，奇花買得愛情多。只憐旅邸無金屋，還向茆檐畫翠蛾。巾櫛有人良可喜，蘋蘩主祀竟如何。肯容走謁簾櫳外，試聽陽春白雪歌。

題陽山顧碧溪詩卷

聞説山中顧隱君(一)，幽居不與俗人群。愛看舞鶴護蒼蘚(二)，净掃落花留白雲(三)。李愿已刊盤谷序(四)，稚圭休擬北山文。一溪春水連天碧，肯着孤舟載月分(五)。

【校記】

(一)聞説山中顧隱君：「山中」，萬曆本作「陽山」。

(二)愛看舞鶴護蒼蘚：「愛」，萬曆本作「静」；「護」，萬曆本作「步」。

(三)净掃落花留白雲：「净」，萬曆本作「閑」；「留」，萬曆本作「眠」。

(四)李愿已刊盤谷序：「刊」，萬曆本作「甘」；「序」，萬曆本作「趣」。

(五)肯着孤舟載月分：「孤舟載月」，萬曆本作「漁樵坐席」。

寄元翬(一)

故人一别兩逾月，獨坐草堂深憶君(二)。老梅稀疏數點雪，修竹驂褭千竿雲。漸看春色意未淺(三)，可愛歲寒心不群(四)。肯來對此共春酌(五)，何愧當年鄭廣文(六)。

【校記】

(一)題，萬曆本作「寄曲林」。

(二)獨坐草堂深憶君：「獨坐」，萬曆本作「坐對」；「深」，萬曆本作「遙」。

(三)漸看春色意未淺：「漸看春色意」，萬曆本作「每逢風月興」。

(四)可愛歲寒心不群：「可」，萬曆本作「更」。

(五)肯來對此共春酌：「肯」，萬曆本作「時」；「對此」，萬曆本作「春夜」；「春」，萬曆本作「清」。

㈥何愧當年鄭廣文：「當年」，萬曆本作「縈陽」。

謝施允文見過

先生別我知幾時，春風吹來敲竹扉。老懷歡喜欲傾倒，底事倉卒便言歸。貧家不愧茶當酒，好客豈餐葵與薇。只憐孤負梅花約，獨步清香吟月輝。

寄趙易窗高士慶雲岡上人㈠

昨宵風雨釀春寒，曉色開晴路未乾㈡。棋局定須尋李遠，杖藜還肯過蘇端。緇經坐榻呼龍守㈢，點易虛窗倩鶴看。暫假飛凫挽飛錫(四)，下臨寂寞鼓交歡(五)。

【校記】

(一)題，萬曆本作「寄趙高士易窗慶上人雲岡」。

(二)曉色開晴路未乾：「色」，萬曆本作「日」；「晴」，萬曆本作「雲」。

(三)繙經坐榻呼龍守：「坐榻呼」，萬曆本作「丈室留」；「守」，萬曆本作「卧」。

(四)暫假飛梟挽飛錫：「挽」，萬曆本作「枉」。

(五)下臨寂寞鼓交歡：「下臨寂寞鼓」，萬曆本作「竹林深處聲」。

重題顧碧溪卷

結屋林泉遠世塵，閑情雅物自相親。山禽啼樹能留客，野鹿銜花不避人。渭水釣徒周尚父，南陽耕叟漢功臣。只今天下中興日，莫負奇才作隱淪。

贈宋無為祈雨有應得飛字

道人妙奪造化機，神鞭鬼馭歸指揮。震雷擊地旱魃死，黑雲卷水蒼龍飛。槁苗渴心飲膏乳，瘦民仰面承珠璣。歌詩贈君君勿却，玄功大策世所稀。

泊伯瀆口別允莊侄

紅顏喜見唾成珠，白髮空嗟老更迂。最愛竹林多小阮，何慚陋室有鴻儒。心思彩侍歸深夜，舟阻金吾泊遠途。篷底笑談篷上雨，一團和氣勝醍醐。

夜泊孤瀆橋寄上東湖叔㈠

孤瀆橋邊篷底宿，夢魂只繞絳紗帷㈡。青燈遙想琴書暇㈢，白髮寧忘骨肉思㈣。咽咽鼓鼙城郭曉㈤，蕭蕭風雨菊花期。明朝若赴登高會㈥，插遍茱萸寄一枝㈦。

【校記】

㈠題，萬曆本作「旅泊寄上東湖叔」。

雲冉冉浮。學扇近人能却暑，題詩留客不禁秋。高柯好護青青玉，要使相輝竹外樓。

寄顧存義謝畫竹(一)

郎官惜别意何殊，贈我湘江水墨圖。千畝篔簹迷杳靄，一川烟雨濕糢糊。毫端緬想情無極，座右相看興不孤。莫訝行囊多卷束，此君一日可能無？

【校記】

(一) 題，隆慶本、萬曆本皆作「謝顧存義貽畫竹」。

次甌仲送别詩韵

相聞百里未相識，握手一笑襟期同。江梅見處似雪白，海榴别時如火紅。聚散有期春已夏，行止非能西復東。孤舟野泊苦思憶，一夜狂吟風雨中。

附甌仲送别詩原韵 輯自《華氏宗譜》。甌仲，姓鄭氏，名先，又名思先，字甌仲

偶於喪亂得相從，豈意交情骨肉同。象管題詩桐葉碧，蠡窗行酒燭花紅。清風池沼堪留夏，細雨帆檣復向東。自是别離心最切，倚樓今夜月明中。

(一)題，萬曆本作「次韻答劉節判」。

(二)常時嘯詠須尋竹：「常」，萬曆本作「有」；「須」，萬曆本作「徑」。

(三)長日清狂亦愛蓮：「狂亦」，萬曆本作「閑獨」。

(四)薇省衣冠分雨露：「分」，萬曆本作「新」。

(五)蒲鞭淮海頌詩篇：「頌詩篇」，萬曆本作「舊風烟」。

(六)承平氣象從容見：「承」，萬曆本作「太」；「從容」，萬曆本作「今重」。

(七)莫負奇才惜壯年：「惜」，萬曆本作「詘」。

附劉節判送華彥清還長洲詩原韻

輯自《華氏宗譜》。劉節判，名文琡

九龍山人雪滿顛，移家又近長洲邊。大兒行酒小兒饌，盤有嘉魚池有蓮。海虞相逢僅一月，河上著書今幾篇？買田種蔗有佳境，維舟弋雁終殘年。

次韻方節判㈠壺天

避地逢迎東海邊，宦情羈思兩茫然。常懷江上思蓴興，空憶山中種朮田。楊柳官衙閑獨立㈡，梧桐書館近相連㈢。杖藜不倦頻來往，好咏丁丁伐木篇。

【校記】

㈠題，萬曆本作「次韻答方節判」，題下無小注。

(二)楊柳官衙閑獨立：「閑獨立」，萬曆本作「春日静」。

(三)梧桐書館近相連：「書」，萬曆本作「山」；「近相」，萬曆本作「暮雲」。

附方節判送華彦清還長洲詩原韵 輯自《華氏宗譜》。方節判，名珍，字壺天

明日移家茂苑邊，故鄉回首思凄然。山陽尚有一區宅，杜曲寧無二頃田？夜雨軒窗勞夢寐，薰風茅屋重留連。閑來渾未忘清事，覓紙題詩動百篇。

次韵答黄先生之晉

杜門屏迹野塘南，客至忘言只手談。林竹倚風翻翠羽，池蓮照日殢紅酣。秘書不見心何似，叔度多違意弗堪。把玩新詩想顔色，皎如秋月在湘潭。

附黄先生送華彦清還長洲詩原韻 輯自《華氏宗譜》。黄先生，名進德，字晉之

草堂舊隱堠山南，賓客時來共笑談。花柳村村迷野望，笙歌日日縱春酣。十年漂泊家何在，一夢繁華思不堪。誰謂杜陵愁獨甚，卜居還向百花潭。

次韻答鄧先生(一) 仲珪

高密侯門奕世賢，相逢吟嘯楚江天。擬尋竹所同携榻（二），又覓桃源別繫船（三）。夢寐不忘三益友，鄉關還憶九龍泉。虞山無限相思意，破曉停雲薄暮烟（四）。

【校記】

（一）題，萬曆本此章與後「次韵答張則明」二詩合為一題，作「次韵答鄧仲主張則明」，題下無小注。

（二）擬尋竹所同携榻：「擬」，萬曆本作「已」；「携」，萬曆本作「移」。

（三）又覓桃源別繫船：「又」，萬曆本作「更」。

（四）破曉停雲薄暮烟：「破曉」，萬曆本作「曉日」。

附鄧先生送華彦清還長洲詩原韵 輯自《華氏宗譜》。鄧先生，名士瑛，字仲珪

梁溪望族最稱賢，避地長洲共海天。松菊舊栽陶令宅，圖書重載米家船。薰風華屋成雙燕，縠雨春芽第二泉。回首莫嫌歸計晚，東南有日净風烟。

次韵答張則明㈠

挈居東郭舊斜逕，長憶鄭家池上亭。言笑自忘頭盡白，交游却喜眼俱青㈡。山城價重文章伯，江漢雲埋處士星㈢。會得秋風吹去棹㈣，細書名刺候帷屏㈤。

【校記】

㈠題，萬曆本此章與前「次韵答鄧先生」二詩合為一題，作「次韵答鄧仲圭張則明」。

㈡交游却喜眼俱青：「却」，萬曆本作「共」。

㈢江漢雲埋處士星：「漢」，萬曆本作「國」。

㈣會得秋風吹去棹：「會得」，萬曆本作「少待」。

㈤細書名刺候帷屏：「刺候帷」，萬曆本作「字到雲」。

附張則明送華彦清還長洲诗原韵 輯自《華氏宗譜》。張則明，名著，字則明

移家曾近錦帆涇，明日重尋舊草亭。書畫船輕春水緑，江湖夢遠夜燈青。愁來眼底猶兵火，老著天涯自客星。賴有

新詩頻得句，淋漓醉墨洒秋屏。

次韵高文炳

風塵澒洞嘆飄蓬，不愧行歌帶索翁。今日栖身滄海畔，故鄉回首夕陽中。相逢有道襟懷好，况是斯文骨肉同。正擬卜鄰長聚首，扁舟那忍又西東。

附高文炳送華彦清還長洲詩原韵 輯自《華氏宗譜》。高文炳，名克輝，字文炳

亂後移家似轉蓬，更緣多病易成翁。船開白水孤城外，衣濕黄梅細雨中。花下詩篇留客和，窗間棋局與誰同？杜陵

極有還鄉思，舊種膏腴在瀼東。

次衛伯京韵

十載吴烟避甲兵，不才何有姓名稱。江湖漫興忘羈旅，城郭多情藉友朋。一覽秘書知北海，百年瓜圃愧東陵。別來幾欲相尋去，短棹山陰月下乘。

附衛伯京送華彦清還長洲詩原韵 輯自《華氏宗譜》。衛伯京，名鎬，字伯京

梁溪溪上華公子，鄉國由來孝義稱。亂後移家依故舊，春深下榻款賓朋。可無棋局同王積，每覺詩篇逼少陵。好去

長洲新卜築，扁舟何日興堪乘。

次李玉林韵

玉林道士神仙客，海上相逢識姓名。酌酒賦詩狂太白，呼羊起石老初平。身中玉髓千年换，鼎内丹砂九轉成。願授長房縮地法，得從仙佩啓玄情。

附李玉林送華彦清還長洲詩原韵 輯自《華氏宗譜》。李玉林，名珏，字玉林

江湖耆舊半凋零，久聽交游説盛名。方幸承顔愁復别，可能握手語生平。才高一代今誰識，玉立諸郎老更成。慚愧

覊栖林下客，臨箋灑墨不勝情。

次韵答古潭上人㈠

正擬祇園聽講禪㈡，豈期分首各風烟㈢。袈裟契闊懷支遁，拄杖疏狂愧阮宣。雲過仰瞻天外錫㈣，月明長望剡中船㈤。雨花臺上繙經罷，好托秋鴻寄尺箋。

【校記】

㈠題，萬曆本作「次韵答淵上人」。

㈡正擬祇園聽講禪：「擬」，萬曆本作「欲」。

㈢豈期分首各風烟：「期」，萬曆本作「知」；「首」，萬曆本作「手」。

㈣雲過仰瞻天外錫：「雲過仰瞻天」，萬曆本作「鶴起每聽雲」。

㈤月明長望剡中船：「月明」，萬曆本作「雪晴」；「望」，萬曆本作「憶」。

附古潭上人送華彦清還長洲詩原韵 輯自《華氏宗譜》。古潭上人，又號如淵

華髮蕭蕭入暮年，南沙累月避烽烟。客嘗滿座孔北海，賦就倚樓王仲宣。借屋先謀開畫壁，移家又上載書船。好懷更在長洲苑，日日題詩五色箋。

次答鄭甌伯韵㈠

憶昨追隨琴水上㈡，襟懷那忍遽分離。飛觴促令尋花急，擊節揚歌愛月遲。一別已驚秋落木，相期不至夜敲棋㈢。殷勤為問風騷客㈣，乘興還來定幾時。

【校記】

㈠題，萬曆本此章與後「次韵甌叔韵」二詩合為一題，作「次韵答二鄭先生」。

㈡憶昨追隨琴水上：「上」，萬曆本作「湄」。

㈢相期不至夜敲棋：「至」，萬曆本作「負」。

㈣殷勤為問風騷客：「騷」，萬曆本作「流」。

附鄭甌伯送華彦清還長洲詩原韵 輯自《華氏宗譜》。鄭甌伯，名本，又名思本，字甌伯

九龍山前華徵士，老去移家避亂離。故國幾時休戰伐，衡門累月共栖遲。東風花底頻行酒，夜雨燈前對奕棋。正好論交又相别，小窗明月憶君時。

寄曹子襄韵

亂離寄迹虞山下，萬戶千門只晏如。喜為綢繆憐舊戚，肯教衰朽見生疏。錦囊滿貯新題句，寶帖多看古篆書。何日移來過林下，龍蛇飛動耀吾廬。

附曹子襄送華彦清還長洲詩原韵 輯自《華氏宗譜》。曹子襄，名克讓，字子襄

避地南沙擬卜居，相逢愧我百無如。能忘喪亂情懷惡，肯放交游禮法疏。古鼎然香留客共，新詩得句遣兒書。明朝又復移家去，若個青山好結廬。

次顧存義韵

連天烽火迷吴會，戲彩庭闈隔暮雲。詎忍旌旗愁裏見，何堪矢石夢中聞。高標年少清如許，華髮秋來白幾分。莫倚城頭向南望，官河流恨去沄沄。

附顧存義送華彥清還長洲詩原韻 輯自《華氏宗譜》。顧存義，名信，字存義

君因避地來川上，我亦思親睇白雲。旅邸笑談多與共，故鄉消息總無聞。索歌行酒當春暮，翦燭敲棋每夜分。如此好懷那忍別，官河船發水沄沄。

次朱子彝韻

虞山西下朱公子，文采風流獨爾賢。時事盡從滄海變，少年寧許白雲眠？傳家讓畔知遺訓，薦表稱才合比肩。會使秋風吹健翮，扶搖直上九重天。

附朱子彜送華彦清還長洲詩原韵 朱子彜，名倫，字子彜。輯自《華氏宗譜》。

聞君昔住惠山前，力學奉親人共賢。彩衣上堂日為壽，青燈注書夜不眠。老去繁華春遇眼，年來喪亂雪垂肩。移家又向斜溪去，相送離愁動海天。

次姚先生漢章韵

一見琴川姚處士，三生石上舊曾逢。飄飄片影鶴相似，皎皎孤懷月與同。富貴只看身外物，風塵空老錦中容。論交苦恨相從晚，願作雲龍西復東。

附姚先生送華彦清還長洲詩原韵 輯自《華氏宗譜》。姚先生，名翥，字漢章

平生不識栖碧翁，移家避地俄相逢。襟懷似欲向人盡，聲價不與凡流同。投老詩篇猶爛漫，遣愁棋局每從容。月明後夜思君處，夢繞婁江江水東。

次殷公冕韵

靈椿堂上盤根老，丹桂庭前列露叢。解后烟塵情愈密，聯綿瓜蔓氣相同。南沙話别薰風裏，東郭馳情暮靄中。每誦清詩向明月，恍然身在水晶宫。

附殷公冕送華彦清還長洲詩原韵 輯自《華氏宗譜》。殷公冕，名昪，字公冕

海虞山下得相逢，驚見森森梓杞叢。萬石家聲憐獨振，竇公隱德許誰同。青山故國風烟外，白水孤村夕照中。書畫滿船尋舊隱，莫教人識米南宫。

次鄭甌叔韵㈠

薫風憶别海虞城㈡，夜雨燈窗無限情。棠棣花開知自樂，陽春歌罷與誰賡㈢。丁公道學從東去㈣，杜老歸心向北征㈤。兩地相思不相見，空梁落月幾回明。

【校記】

(一)題，萬曆本此章與前「次答鄭甌伯韵」二詩合為一題，作「次韵答二鄭先生」。

(二)薰風憶别海虞城：「憶」，萬曆本作「一」。

(三)陽春歌罷與誰賡：「歌」，萬曆本作「曲」。

(四)丁公道學從東去：「道學」，萬曆本作「易道」。

(五)杜老歸心向北征：「向」，萬曆本作「賦」。

附鄭甌叔送華彦清還長洲詩原韵 輯自《華氏宗譜》。鄭甌叔，名宗，又名思宗，字甌叔

辟地移家海上城，一從相識見高情。玉缸酒熟頻招飲，采筆詩成每共賡。客館正須同夜語，樓船又復向南征。斜溪

溪上多佳趣，好寄銀箋慰眼明。

次殷公素韵㈠

君侍庭闈歸海畔，我携妻子向林塘。潮迴遠浦波還静㈡，蘭隱深山草亦香㈢。莫訝燕鴻相棄背，為盟雞黍豈能忘㈣。遥憐棣萼光輝處，争舞萊衣上華堂㈤。

【校記】

㈠題，萬曆本作「次韵答殷公」。

㈡潮回遠浦波還静：「静」，萬曆本作「急」。

㈢蘭隱深山草亦香：「隱」，萬曆本作「茁」。

(四)為盟雞黍豈能忘：「為盟」，萬曆本作「已期」；「豈」，萬曆本作「不」。

(五)争舞萊衣上華堂：「争」，萬曆本作「對」；「華」，萬曆本作「畫」。

附殷公素送華彦清還長洲詩原韵

輯自《華氏宗譜》。殷公素，名輅，字公素

政擬交游歲月長，又移孤棹過斜塘。湖村雨積禾苗緑，野渡風含荇帶香。到屋那知身尚客，耕田應與世相忘。江天早晚鱗鴻便，莫惜新詩寄草堂。

以愚家叔自無錫寄詩依韵奉答

錫山山上錫如銀，避地東來隔世氛。湖海孤舟應念我，虎狼同穴苦憂君。悲憐暮靄銜斜日，愁倚西風望白雲。遥想竹林吟絶處，試拈詩韵與誰分。

感懷

苦憶家鄉值亂離，燈前揮淚看宗支。秋風百草凋零日㈠，夜雨孤城戰伐時㈡。殃及池魚徒自恨㈢，痛憐穴蟻欲何之。吾門積德由來厚，天地垂保不用悲㈣。

【校記】

㈠秋風百草凋零日：「日」，萬曆本作「際」。

(二)夜雨孤城戰伐時：「孤」，萬曆本作「連」。

(三)殃及池魚徒自恨：「自」，萬曆本作「有」。

(四)天地垂保不用悲：「垂保不用悲」，萬曆本作「休光或可期」。

次海虞殷夢得見寄韵

潮生潮落水如脂，香稻盈田土更肥。野鶴不群良得趣，沙鷗相狎淡忘機。秋風泛艇觀滄海，夜月垂綸坐石磯。如此幽懷自陶寫，肯容俗客扣荆扉？

次敬上人韵

西山項上飛雲錫，杯渡南湖鷗不驚。白石點頭初識面，青蓮結社舊知名。袈裟戀戀故人意，懷抱涓涓秋月明。便欲從師謝羈束，給孤園裏與同行。

雙樹林中老尊宿，繙經説法鬼神驚。閑來為結淵明社，真覺不虛支遁名。棋局無心從勝負，戒珠隨手發光明。肯移蘭若龍岡住，不畏虎溪來往行。

次漢章韵簡敬公

衰年白雪滿頭顱，如意空歌擊唾壺。鍾鼎高勳非所願，山林幽趣得相娱。上人一片無瑕玉，照我三生不夜珠。幻影自来非我相，笑渠石室挽長鬚。

次韵答甌叔見寄

古木柴門繞碧溪，西風落日殷秋鞞。可人不見雲迷望，俗客無来草滿蹊。梧葉書窗懷嘯咏，藕花池館惜分携。相思不盡愁無那，顛倒詩囊檢舊題。

君住江城似剡溪，只聞歌笑不聞鞞。庭栽修竹開新徑，門掩落花迷舊蹊。遥想讀書心不倦，肯容下榻手重携。西窗好看芭蕉樹，緑葉分留待我題。

秋望

為憐秋色倚危城，萬里浮雲蔽日明。紅葉滿林渾是淚，黄花開處不勝情。吴檣楚柂十寒暑，滄海桑田幾變更。老眼摩挲望閶闔，誰能攬轡與澄清。

題吕氏滄浪亭

溪上幽居俯碧流，溶溶渾似泛虛舟。湘簾卷浪邀明月，書幌褰雲瞰白鷗。漁父休歌水清濁，高人不與世沉浮。都来只尺滄洲趣，涵泳乾坤萬里秋。

奉别席心齋(一)

道人一别幾秋風，天上人間事不同。滄海塵揚談笑裏，碧桃花發亂離中。羡君到處騎飛鶴(二)，愧我移家嘆轉蓬。安得振衣從汗漫(三)，雲龍相逐任西東。

【校記】

(一)題，萬曆本作「别席心齋」。

(二)羡君到處騎飛鶴：「騎飛」，萬曆本作「飛孤」。

(三)安得振衣從汗漫：「從」，萬曆本作「游」。

上徐相國

王師赫赫來江浙，十五降城總望風。海内已歸新聖主，幄中今見舊元戎。經綸大業千年事，竹帛高名一代功。佐理清朝均雨露，蒼生歌舞樂年豐。

秋夜有感(一)

澤國秋來夜氣涼(二)，飄零猶自未還鄉。蟪蛄泣露梧桐井，絡緯繅風薜荔牆。只尺故園千里夢，亂離華髮十年霜。仲宣樓上長回首，烽火連山欲斷腸。

【校記】

(一) 題，萬曆本作「秋夜」。

(二) 澤國秋來夜氣涼：「來」，萬曆本作「深」。

寄甌叔

西風江上起秋雲，苦憶虞山鄭廣文。窗下碧梧應自好，庭中丹桂肯誰分。未矜扣角功名遠，且學囊螢志業勤。遥想諸生環侍處，討論何日注同群。

幽懷遣興

少年便欲閑居隱，投老方才結搆深。旋築石壇圍小圃，謾移松竹就長林。日高客過留清自，夜静僧歸理素琴。幽興滿懷無個事，道人從此脫塵心。

戊申冬過東湖叔新築别墅(一)

為尋高隱過荒村(二)，草徑緣溪直到門(三)。茆屋雲深書几静(四)，梅窗春早硯池温。縣縣離緒題詩卷(五)，藹藹親情具酒尊(六)。便欲移居向鄰北(七)，時操杖屨奉晨昏(八)。

【校記】

(一)題，萬曆本作「戊申冬過東湖叔别墅」。

(二)為尋高隱過荒村：「為」，萬曆本作「相」；「過」，萬曆本作「入」。

(三)草徑緣溪直到門：「草」，萬曆本作「一」。

(四)茆屋雲深書几静：「几」，萬曆本作「榻」。

(五)縣縣離緒題詩卷：「縣縣離」，萬曆本作「遲遲別」；「題」，萬曆本作「留」。

(六)藹藹親情具酒尊：「藹藹」，萬曆本作「穆穆」；「具」，萬曆本作「勸」。

(七)便欲移居向鄰北：「便欲」，萬曆本作「安得」；「向」，萬曆本作「傍」；「北」，萬曆本作「舍」。

(八)時操杖屨奉晨昏：「操」，萬曆本作「陪」；「奉」，萬曆本作「候」。

奉和東湖叔見寄二首

歸來結屋向林皐，樂道看書志自操。野外好山常對酒，門前流水不容舠。旅情丘壑功名倦，寓興丹青意趣高。春草軒前好風景，幾時盤薄寫秋毫。

喜睹兵銷四海通，故鄉相見幾人同。竹林有約開新徑，籬菊多情發舊叢。暫謁屏罳知草草，何煩尊酒嘆匆匆。别來幾夜西風急，月落寒溪望遠蓬。

會飲獻可表弟席上戲贈(一)

江湖飄泊三年別，兩地憂思孰解知。遺愛不忘瓜衍蔓，急難同感樹連枝㈡。相逢此日傷心事，莫語當年得意時。且醉春風一杯酒，寸田留與子孫為㈢。

【校記】

㈠題，萬曆本作「楊獻可表弟席上戲贈」。

㈡急難同感樹連枝：「同感」，萬曆本作「深惜」。

㈢寸田留與子孫為：「留」，萬曆本作「當」；「為」，萬曆本作「期」。

李仲賢省郎枉顧他出不見以詩謝之

憶別吴城幾度秋，適聞駐旆瀼東頭。荆榛未得趨行幕，杖屨先煩問去舟。杜老布衣慚懶拙，謫仙紗帽喜風流。莫思火汁葡萄酒，好向鳳凰台上游。

奉寄東湖叔三首(一)

避難歸來已暮年，書堂喜復舊青氈。從游盡屬閭閻下，洒掃應教禮樂先。春到剩篘從事酒，客來還費束脩錢。高歌放浪形骸外，誰道風流不及前。

每憶東湖老隱君，琴書自樂不憂貧。舊傳詩禮家聲在，復喜衣冠態度新。講罷自斟初熟酒，詩成還憶未歸人。烏紗濟濟重相見，共醉唐虞四海春。

飄泊東吴未得歸，竹林佳約又相違。高情只憶黄茆屋(二)，遠夢長尋白板扉。野館梅花辜臘雪(三)，江亭柳色待春暉。殷勤欲寄平安字，水闊風高過雁稀。

【校記】

(一)題，萬曆本作「奉寄東湖叔」。

(二)高情只憶黄茆屋：「只憶」，萬曆本作「不愧」。

(三)野館梅花辜臘雪：「辜」，萬曆本作「傳」；「雪」，萬曆本作「意」。

寄志學

苦憶忘年呂友生，依依不減故鄉情。空村為客還移棹，深市逢人即寄聲。西子臺前宜醉飲，讓王祠下好歸耕。只憐未得鴛鴦宿，若個劉家識子衡。

金涇送吴良才先生回館

歲暮江深欲雪天，送君旋旆過前川。孤鴻望斷寒烟外，獨客吟餘野水邊。此去暫懸徐孺榻，重來應泛子猷船。緣知為我多清興，掃徑膺門夜不眠。

次吴良才歲暮感懷韵㈠

憶昔少年春到日，珠歌翠舞競為歡。燈然絳蠟摇金帳，菜簇青絲送玉盤㈡。弦管聲中那問曉㈢，綺羅香裏不知寒。自遭喪亂頭如雪，過眼繁華一笑看。

【校記】

㈠題，萬曆本作「歲春感懷次韵」。

㈡菜簇青絲送玉盤：「簇」，萬曆本作「縷」。

㈢弦管聲中那問曉：「曉」，萬曆本作「夜」。

題天游畫

萬曆本作「叫竹鷄」。

(六)欲往桃源從舊隱：「從」，萬曆本作「尋」。

(七)枕上故園頻入夢：「枕」，萬曆本作「溪」。

(八)鏡中飛雪暗生花：「鏡」，萬曆本作「眼」；「飛」，萬曆本作「殘」；「暗」，萬曆本作「炫」。

(九)獨立東風起嘆嗟：「起」，萬曆本作「默」。

寒食感懷(一)

寒食維舟江上村，臨風西望黯銷魂。花將春色歸流水，雲繫愁心入故園(二)。丘隴不知誰洒掃，藤蘿應復自滋蕃。衰年尚作無家客(三)，只合當時住鹿門(四)。

【校記】

(一)題，萬曆本作「寒食」。

(二)雲繫愁心入故園：「繫」，萬曆本作「帶」。

(三)衰年尚作無家客：「尚」，萬曆本作「却」。

(四)只合當時住鹿門：「只合當時」，萬曆本作「不似龐公」。

過南園看花美王仲章奉親時年九十歲也

春風披拂董仙家，堂上靈椿老亦葩。垂白光陰須愛日，渥丹顏面勝餐霞。家貧自有延齡藥，地暖常培結子花。旋摘時新奉甘旨，斑衣滿眼是生涯。

春日江村㈠

二月東吳春色濃，江鄉渾在畫圖中。桃花流水村村曲，茆屋人家個個同㈡。柳下醉翁紗帽黑㈢，溪邊游女蒨裙紅。一川勝概誰題品㈣，好著功夫釣短蓬㈤。

【校記】

㈠題，萬曆本作「江村」。

㈡茆屋人家個個同：「茆屋」，萬曆本作「楊柳」。

㈢柳下醉翁紗帽黑：「柳」，萬曆本作「籬」。

(四)一川勝概誰題品：「一川」，萬曆本作「眼中」。

(五)好著功夫釣短蓬：「功」，萬曆本作「狂」；「釣」，萬曆本作「駐」。

清明對雨有懷(一)

鑽榆改火喜從新，風雨何堪斷送春。水漲葡萄濃似酒，花飄錦繡碎於塵(二)。題詩謾爾酬佳節，隱几無聊憶可人。不為异鄉忘舊俗，柳枝隨意插烏巾。

【校記】

(一)題，萬曆本作「清明雨」。

(二)花飄錦繡碎於塵：「碎」，萬曆本作「亂」。

劉先生元暉索賦快雪時晴軒

戶牖玲瓏八面開，迴風吹雪逐人來。一時未有十分白，萬里渾無半點埃。滄海玉龍飛碧浪，青天皓鶴舞瑤臺。卷簾歌起右軍帖，千載高情真快哉。

寄彦承文學

公子翩翩玉琢如，豪吟才思過黄初。驚人句法凌滄海，落筆文華絢紫虛。世業固存方寸地，功名休負五車書。廟堂袞袞俱年少，肥遯山林非所於。

(二)寫向米家江上山：「向」，萬曆本作「出」。

(三)仙翁醉倒玉壺汁：「玉」，萬曆本作「金」。

(四)信筆塗糊作畫看：：「塗糊」，隆慶本作「糊塗」。

(五)雨飛雲氣漲層巒：「飛」，萬曆本作「將」；「漲」，萬曆本作「出」。

(六)移家隱遯憶龐老：「憶」，萬曆本作「懷」。

(七)載酒登臨懷謝安：「載酒」，萬曆本作「携妓」；「懷」，萬曆本作「憶」。

(八)一笑頓忘今古事：「今古」，萬曆本作「塵世」。

寄天游

憶承抱恙屢相過，别去愁思奈若何。藥餌定須頻服食，詩篇曾不廢吟哦。要令暖老求燕玉，更擬扶衰種女蘿。為問先生康健否，肯來同咏醉時歌？

七月二十九日壽陶彦弘

養浩齋居景物妍，春花秋月久留連。冰清玉潤慚吾老，鳳協鸞和覺汝賢。雨過西山增爽氣，星垂南極照華筵。堂前好種宜男草，看舞萊衣百世傳。

題雙松圖天游畫并詩乃寫穹窿之樹仍用韵次之

癡絕空傳顧虎頭，獨憐文采擅南州。毫端醉寫雙松樹，筆力雄揮萬斛舟。江漢風流何歷歷，乾坤清氣復悠悠。會須載酒穹窿頂，汗漫相從繼舊游。

題溪山春霽圖

雨餘春色浩無涯，點染溪山麗物華。野水碧連烟外草，石林紅映澗邊花(一)。樹迷深渚漁人市(二)，鶴傍閑門處士家(三)。老眼不知圖畫裏，便須先占白鷗沙(四)。

【校記】

(一)石林紅映澗邊花：「花」，澹生堂本作「霞」。

㈡樹迷深渚漁人市：「樹」，澹生堂、萬曆本皆作「柳」。

㈢鶴傍閑門處士家：「鶴」，澹生堂本作「花」。

㈣便須先占白鷗沙：「便」，澹生堂本作「直」。

閑居

屏迹金溪溪上村，花香竹色藹芳尊。緣知此地非盤谷，何有閑居似鹿門。春雨桑麻親畎畝㈠，秋風松菊老丘園。龎公不是無才思，只許平安遺子孫。

【校記】

㈠春雨桑麻親畎畝：「親」，萬曆本作「新」。

訪天游不遇

近聞抱恙臥幽栖，汨沒塵勞問候遲。鼓棹竟投徐孺榻，杖藜已入董生帷。不逢言笑愁無那，却喜康强慰所思。階下仙花開玉樹，折歸几格想風儀。

旦日次周莊寄元翬㈠

孤舟飄泊任西東，鳳曆先頒嘆轉蓬㈡。投宿遠尋王給事，醉歌長憶鄭文翁。歲添霜鬢蕭疏白，春入椒花分外紅。解后他鄉一杯酒，襟懷却喜舊時同。

【校記】

㈠題，萬曆本作「旦日次周莊簡曲林」。

㈡鳳曆先頒嘆轉蓬：「先頒」，萬曆本作「頒新」。

和楊鐵崖賦鐵歗樓詩韵㈠

蕭史吹簫作鳳樓，道人鐵笛與同流。浪游湖海携紅袖，争看神仙泛彩舟。五夜徘徊九霄月，一聲清徹萬山秋。子雲自有長楊賦，豈傍東門歌飯牛。

【校記】

㈠題，萬曆本作「次韵楊鐵崖賦鐵歗樓」。

用雲林韵賦明遠軒

難兄自是書畫史，令弟由來冰雪姿。未作高樓留過客，且開虚室醉題詩。春風爛熳棠棣蕚，白日照耀珊瑚枝。襟懷烱如千里月，莫將衰朽笑支離。

重賦鐵歗樓

老仙登樓吹鐵笛，主人倚歌吹鐵簫㈠。滄海玉龍吟沆瀣，碧雲丹鳳舞飄飖。江湖一曲忻同調，意氣千年不易消。鐵嘯留題出塵表，長令草木起清飈。

【校記】

㈠主人倚歌吹鐵簫：「主」，萬曆本作「野」。

送表侄賀生歸鄉

湖上花飛已暮春，湖邊折柳贈行人。烏迎去棹情何限，燕繞迴檣意轉親。荒徑莫嫌歸去晚，新詩毋惜寄來頻。緣知此夜相思處㈠，月落西窗倍愴神㈡。

【校記】

㈠緣知此夜相思處：「緣」，萬曆本作「懸」。

㈡月落西窗倍愴神：「倍」，萬曆本作「獨」。

為沈伯雄賦耕雲軒(一)

花間布穀弄新聲，喚起東郊動作情。滿地綠莎泥正軟，一犁膏雨曉初晴。南陽隴上披雲去，莘野原頭帶月行。誰似軒中沈東老，捲簾閑坐看春耕。

【校記】

(一)題，萬曆本作「為沈伯庸賦畊雲軒」。

和元輩聞鶯二首(一)

高枝密葉穩棲身，似避歌童作妬嗔。度柳穿花聲不斷(二)，移宮換羽字還真(三)。百般囀舌百般巧(四)，一度調簧一度新。賞此好音須盡醉㈤，流光誰解繫奔輪㈥。綠窗啼破海棠春㈦，好夢驚回若肯嗔。只訝小姬歌的的㈧，錯教狂客喚真真。當軒對酒情偏好㈨，帶雨含風韵更新㈩。憶昔故園花下聽，笙歌不動擁香輪⑪。

【校記】

㈠題，萬曆本作「次韵曲林聞鶯」，題下有小注「二首」。

㈡度柳穿花聲不斷：「度」，萬曆本作「擲」。

㈢移宮換羽字還真：「字」，萬曆本作「訴」。

㈣百般囀舌百般巧：兩「百」字，萬曆本皆作「千」。

(五)賞此好音須盡醉：「賞此」，萬曆本作「晛睆」；「須盡」，萬曆本作「留客」。

(六)流光誰解繫奔輪：「奔」，萬曆本作「羲」。

(七)緑窗啼破海棠春：「緑窗」，萬曆本作「綿蠻」。

(八)只訝小姬歌的的：「的的」，萬曆本作「咽咽」。

(九)當軒對酒情偏好：「情」，萬曆本作「聞」；「好」，萬曆本作「美」。

(十)帶雨含風韵更新：「帶」，萬曆本作「怯」；「含」，萬曆本作「憐」。

(十一)笙歌不動擁香輪：「笙歌不動擁香」，萬曆本作「雕闌初日射朱」。

四月廿一日金涇寄季弘時遷近館

每憶從游願卜鄰，喜遷高館得相親。碧雲流水柴門静，緑樹啼鶯淑景新。應下書帷傳舊業，莫携茶竈作閑人。從今只赤清溪上，往復詩筒不厭頻。

午日危坐養浩齋喜天游見訪對花小酌因留宿焉㈠

江皐連日雨濛濛，已拚佳辰寂寞中。杖屨忽聞尊客至㈡，笑談寧放酒杯空。繞庭萱草參差緑㈢，一丈葵花爛熳紅。酬酢看君多意氣，獨醒堅坐愧衰翁。

【校記】

㈠題，萬曆本作「午日危坐養浩齋喜天游見訪對花小酌」。

(二)杖屨忽聞尊客至：「聞」，萬曆本作「逢」；「尊」，萬曆本作「佳」。

(三)繞庭萱草參差緑：「緑」，萬曆本作「碧」。

相子先一別二十年余留金溪知其住松江寫此以寄 五月八日

憶昔華堂對奕棋，嶄然頭角少年時。塵飛滄海無消息，月落空梁有夢思。知汝紅顏才倜儻，嗟余白髮老支離。相望只隔松江水，底事遙遙會面遲。

養浩齋雜咏為彦弘賦(一)

百合

錦只傾陽。酡顏暈酒扶春醉㈠，丹臉勻脂靚曉妝㈡。不似海榴無態度，絳裙顛倒墮階傍㈢。

【校記】

㈠酡顏暈酒扶春醉：「扶」，萬曆本作「躭」。

㈡丹臉勻脂靚曉妝：「臉勻」，萬曆本作「靨凝」。

㈢絳裙顛倒墮階傍：「裙」，萬曆本作「英」；「墮」，萬曆本作「委」。

黃葵

秋葵一種异尋常㈠，獨殿西風逞素妝㈡。細葉疏疏剪雞距㈢，輕葩淡淡染鵝黃㈣。含芳自有神仙態㈤，嗜潔不沾脂粉香㈥。

若使嫦娥見顔色(七)，也應换去白霓裳。

【校記】

(一)秋葵一種异尋常：「秋葵」，萬曆本作「葵花」。

(二)獨殿西風逞素妝，萬曆本作「却向秋林學道裝」。

(三)細葉疏疏剪雞距：「細」，萬曆本作「香」。

(四)輕葩淡淡染鵝黄：「葩淡淡」，萬曆本作「袍熚熚」。

(五)含芳自有神仙態：「含芳」，萬曆本作「御風」。

(六)嗜潔不沾脂粉香：「嗜潔」，萬曆本作「承露」。

(七)若使嫦娥見顔色：「嫦」，萬曆本作「姮」。

和鄭助教見寄詩韵二首

每憶虞山處士家，暮雲空望數歸鴉。離情冉冉原頭草，愁思紛紛隴上麻。要路立登天闕近，新詩裁寄客程賒。江南野老頭如雪，坐待春風變物華。

昔年寄迹鄭公鄉，棣蕚燁燁争春光。嗟予衰朽鬢全白，羡子英標俱老蒼。喜聞獻賦被恩寵，賜教讀書登俊良。願竭忠勤奉明主，野外故□期不忘。

和周伯常見寄

憶昔琴川曾聚首，幾回醉後看橫參。自從別去情何似，忽寄詩來誼轉深。輦下春風吹客夢，江頭柳色動鄉心。鳳凰臺上多題詠，安得從游與細吟。

奉寄東湖叔時為郡庠訓導三月二十三日也㈠

第二泉邊老布衣，廣文官冷未能歸。白頭自笑無人識㈡，青眼相逢好客稀㈢。花塢謾看春雨過㈣，竹林常望暮雲飛。緣知絳帳風流在，莫向東風怨落暉。

【校記】

㈠題，隆慶本作「奉寄東湖叔時為郡庠訓導」，萬曆本作「暮春奉寄東湖叔」，題下有小注「時為郡庠訓導」。

㈡白頭自笑無人識：「笑」，萬曆本作「信」。

㈢青眼相逢好客稀：「逢好」，萬曆本作「看過」。

㈣花塢謾看春雨過：「謾看」，萬曆本作「怕逢」；「過」，萬曆本作「急」。

喜幼子遠歸㈠ 文韡也

溪頭杖策散憂懷，遥認孤舟幼子回㈡。一見正如天上墜，相看猶作夢中猜。笑翻謝屐身忘老㈢，拜舞萊衣志尚孩㈣。莫話江山辛苦事㈤，且承恩澤養枯荄㈥。

【校記】

㈠題，萬曆本作「喜幼子文韡遠歸」，題下無小注。

㈡遙認孤舟幼子回：「認孤」，萬曆本作「識扁」。

㈢笑翻謝屐身忘老：「笑」，萬曆本作「踏」。

㈣拜舞萊衣志尚孩：「尚」，萬曆本作「若」。

㈤莫話江山辛苦事：「江山」，萬曆本作「道途」。

㈥且承恩澤養枯荄：「承」，萬曆本作「欣」；「養」，萬曆本作「到」。

過徐涇訪俞先生伯圭

扁舟衝雨過徐涇，走謁斯文愜野情。開豁襟懷秋月皎，笑談鐘鼎暮雲輕。青山緑水謀深隱，白叟黄童識姓名。何日相期游汗漫，與公親執杖藜行。

遇鄒生

風雨孤舟遇故人，别來情緒轉相親㈠。丹傳秘訣從誰學，數演六年話我真㈡。夢裏繁華悲宿昔，鏡中雪色老逡巡。八旬定許躋高壽，祇恐龍鐘甑滿塵。

【校記】

㈠别來情緒轉相親：「情」，萬曆本作「懷」。

㈡數演六年話我真：「六」，萬曆本作「流」。

草堂。遙矚雲容徒悵快(五)，獨吟燈影謾疏狂(六)。莎雞泣露階前草(七)，絡緯鳴秋屋外桑。幾度清溪看明月(八)，隔林惟聽棹相將(九)。

【校記】

(一)匍匐携家避遠鄉：「避」，萬曆本作「出」。

(二)珠涵大澤川還媚：「大澤川」，萬曆本作「碧水淵」。

(三)玉韞深山木自芳：「深」，萬曆本作「青」；「木自芳」，萬曆本作「石有光」。

(四)好與芝蘭同處室：「處」，萬曆本作「入」。

(五)遙矚雲容徒悵快：「容」，萬曆本作「霞」；「快」，萬曆本作「怏」。

(六)獨吟燈影謾疏狂：「燈影」，萬曆本作「林屋」。

(七)莎雞泣露階前草：「階」，萬曆本作「庭」。

(八)幾度清溪看明月：「清溪」，萬曆本作「思君」。

(九)隔林惟聽棹相將：「林惟」，萬曆本作「溪遥」。

附趙季文送華彦清還長洲詩原韵

輯自《華氏宗譜》。趙季文，名文麟，字季文

辟地南來托鄭莊，衣冠文物動江鄉。牙籤塵凈連床秩，緑綺風薰對客張。松菊舊傳陶徑樂，芝蘭今見謝庭芳。頻來故舊情如玉，遥憶丘園鬢更霜。第二泉頭違茗裹，長洲苑外卜茅堂。管寧豈意遼東老，杜甫能無錦里狂。滿地白雲多種竹，一林膏雨旋移桑。交游莫使長回首，吟得新詩好

寄將。

黄楊集卷五终

黄楊集卷六

無锡華幼武彦清著

二十八世孫 叔和 重編

仲厚

季平

趙承中 點校

華人德 審訂

七言古風

請朱玄暉禱雨喜而有作(一)

皇天不雨兩逾月(二)，旱雲赤色秋流血(三)。時時飛雨細如絲，稻葉無聲花不發。人言白露雨何為，白露止作三日期。願師亟請上帝命，風雨雷電歸指麾。明朝便望一尺雨，大地膏腴浸焦土，處處消憂洗辛苦。

【校記】

㈠題，澹生堂本作「請玄暉禱雨喜而有作」。

㈡皇天不雨兩逾月：「兩逾」，澹生堂本作「逾兩」。

㈢旱雲赤色秋流血：「雲」，澹生堂本作「雪」。

隱微道人今年禱雨者再皆驗頃為予家禱之又驗因述農言作喜雨謠以謝今年至元二年也㈠

去年六月河水乾，已斷香秔不得餐。道人致雨作豐稔，遂復飽飯歌平安。今年五月梅雨少，處處秧科分不了。道人起為有司請（二），猛雨如拳落飛鳥（三）。秧苗一夜皆青遍（四），婦耨夫耘不辭倦（五）。車聲迤邐七月中（六），百里河流又如綫。邇來望雨四十日（七），四山撐天雲不出。豆葉乾枯稻葉黃，便擬逃生棄家室（八）。昨日雲氣來青天（九），白龍捲水蒼龍懸（十）。滂沱一似去年雨，變化有若人使然（十一）。村南村北人鼓舞（十二），盡說幾時無此雨。不知誰遣活焦枯（十三），道人五日村西住。道人道人仙者友，三策玄功世無有（十四）。道人搖手不言功，醉看青天開笑口。

【校記】

㈠題，澹生堂本作「隱微道人今年禱雨者再皆驗頃為予家禱之又驗因述農言作喜雨謠以謝之後至元二年也」，萬曆本作「隱微道人今年禱雨者再皆驗頃為予家禱之亦驗作喜雨謠以謝之後至元二年也」。

㈡道人起為有司請：「為」，萬曆本作「就」。

㈢猛雨如拳落飛鳥：「猛雨」，萬曆本作「雨點」。

㈣秧苗一夜皆青遍：「苗」，澹生堂本、萬曆本皆作「田」。

㈤婦耨夫耘不辭倦：「耘」，萬曆本作「耕」。

㈥車聲迤邐七月中：「車聲迤邐」，萬曆本作「豈意秋來」。

㈦邇來望雨四十日：「邇來」，萬曆本作「田家」；「四十」，萬曆本作「兩月」。

(八)便擬逃生棄家室，萬曆本作「烈焰張空爍金石」。

(九)昨日雲氣來青天：「日」，萬曆本作「朝」；「來青」，萬曆本作「騰中」。

(十)白龍卷水蒼龍懸：「懸」，萬曆本作「旋」。

(十一)變化有若人使然，萬曆本作「玉虎殷地雷施鞭」。

(十二)村南村北人鼓舞：「人」，萬曆本作「皆」。

(十三)不知誰遣活焦枯：「不知誰遣」，萬曆本作「誰能如此」。

(十四)三策玄功世無有：「策」，萬曆本作「出」。

孤飛燕

孤飛燕不住(一)，哺此巢中雛。孤飛過朝暮(二)，雛兒不耐飢(三)，啾啾望母歸。不知母已無歸日(四)，得食忘飢竟安息。孤飛燕，巢在梁，梁空秋月白，屋廣秋風凉(五)。秋風吹雛毛羽寒，秋月照巢身影單。雛寒密密簾遮護(六)，影單誰作金衣縷(七)。孤飛燕，思春雨，深深花影間，雙雙相對語。秋風一日吹我衣，夜冷巢空不敢歸。歸來休語人(八)，堂上有人易酸辛(九)。

【校記】

(一)孤飛燕不住：「不住」，萬曆本作「飛不住」，澹生堂本「不住」前當脱一「飛」字。

(二)孤飛過朝暮：「過」，萬曆本作「度」。

㈢只愁辛苦人不識：「愁辛苦人不識」澹生堂本、隆慶本、萬曆本皆作「願蠶成絲有綸」。

㈣作繭大如甕：「作」，澹生堂本、隆慶本、萬曆本皆作「蠶」。

㈤何愁乏供奉，萬曆本作「絮帛皆足用」。

㈥一筐兩筐成百筐：「成」，萬曆本作「盈」。

㈦丈夫勤耕我勤桑：「丈夫勤耕我」，萬曆本作「男勤耕兮女」。

㈧舅姑堂上有旨甘：「有旨甘」，萬曆本作「樂且康」。

雁南飛㈠

雁南飛，飛不住。暮暮朝朝不穩棲㈡，飛向水窮山盡處。水窮山盡天南頭，年來有客離家愁(三)。天空無雲明月夜(四)，千里萬里清光流(五)。家園零落秋風遍(六)，人聞雁聲淚如綫(七)。雁兮雁兮可奈何，隄防無辜被網羅(八)。

【校記】

(一)題，澹生堂本、隆慶本皆有題下小注「至正十年秋懷遠人作」。

(二)暮暮朝朝不穩栖：「穩栖」，萬曆本作「住飛」。

(三)年來有客離家愁：「年來」，萬曆本作「豈知」。

(四)天空無雲明月夜：「天空」，萬曆本作「碧天」；「雲」，萬曆本作「塵」。

(五)千里萬里清光流：「清光流」，萬曆本作「關河秋」。

(六)家園零落秋風遍：「零落秋風遍」，萬曆本作「悠邈不可見」。

啼：我今與汝生別離。生別離，不得已，在家出征同一死。麥禾滿田穗將結，皇天淫雨無時歇。去年秋旱號飢寒，今年夏麥不得餐。幸逢此地無争戰，供給軍需民力乾㈡。生為浙西農，死為江西卒。回頭語妻兒，何處收吾骨。率土皆王民，安敢辭苦役。但愧扶犂手，疇能用矛戟。願得朝廷徵取俊士與賢才㈢，掃除天下盜賊無纖埃㈣。義兵歸來復生理㈤，買牛耕田從此始㈥。

【校記】

㈠題下小注，澹生堂本作「至正壬辰五月也」，隆慶本、萬曆本皆無小注。

㈡供給軍需民力乾：「乾」，萬曆本作「殫」。

㈢願得朝廷徵取俊士與賢才：「朝廷徵取俊士與」，澹生堂本、隆慶本、萬曆本皆作「將相俱」。

㈣掃除天下盜賊無纖埃：「天下」，澹生堂本、隆慶本、萬曆本皆脱二字。

㈤義兵歸來復生理：「復生理」，澹生堂本、隆慶本、萬曆本皆作「舊田里」。

㈥買牛耕田從此始，澹生堂本、隆慶本、萬曆本皆作「賣刀買牛復生理」。

何時共載書畫船，披開雲霧觀青天。

【校記】

㈠隆慶本、萬曆本皆無題下小注。

送林子明嘉定賣藥

林君賣藥吴城東，良心自與神仙通㈠。君今移家練祁去，好種杏花千萬樹。花開爛熳功業成，彩衣歸舞春風輕。塤篪迭奏酌春酒㈡，再拜堂前為親壽，杏林千年芳不朽。

【校記】

㈠良心自與神仙通：「良」，萬曆本作「此」。